La magie de l'amour

Tome 2

LILY PADIOLEAU

Retrouvez-moi sur Instagram
@lily.padioleau.auteure
Retrouvez Sienna Pratt sur Instagram
@sienna_pratt_over_dark

Couverture par Lily Padioleau.
Aide à la correction par Sienna Pratt.
Cette œuvre est purement fictive.
Tous les personnages ainsi que les lieux ont été imaginés par l'auteure.

Avertissement : Dans ce roman, vous trouverez des allusions plus ou moins prononcées à *Dark Road* (***Fin du chapitre 1***) ainsi qu'à *Jenna*. Si la première peut être considérée comme étant un spoil de l'histoire de ma dark romance, la deuxième n'en est pas. Il s'agit simplement d'une intervention de deux personnages de ma duologie *Jenna*.

Si vous êtes intéressé(e) par Dark Road, passez la fin du chapitre 1. Si vous l'avez déjà lu, savourez ce petit clin d'œil !

Édité par : Lily Padioleau
ISBN version papier : 978-2-492237-16-4
13,99 Euros
Dépôt légal 2021
Imprimé à la demande par Amazon.

DE LA MÊME AUTEURE SUR AMAZON :

Jenna Tome 1
Jenna Tome 2

Dark Road – La descente aux enfers

La magie de l'amour
La magie de l'amour 2

Rose Delgado - The Blood Queen
Anton Medvedev – The Blood King
Rose & Anton – Fight for the Blood Throne

Josh Park – Un passé torturé

Échange (pas vraiment) Standard

The Real Story of Caleb Hayes

La sorcière et le tatoueur tome 1

Un immense merci à Garance, Valou, Juliette et Sienna pour la bêta-lecture.

Une romance de Noël c'est quoi ? Une façon de s'évader, de fuir la réalité trop pesante et de rêver. Laissez-moi vous offrir un moment de divertissement, d'amour et de compréhension.

Le bonbon de Noël est de retour cette année, un brin plus acidulé.

AVERTISSEMENT (ENCORE) :

Tout comme son prédécesseur, ce livre est à déguster comme s'il s'agissait d'un Schokobon, d'une part de gâteau au chocolat fondant, ou encore d'un milk-shake à la vanille surmonté de crème chantilly.

Si vous lisez ce roman au moment de sa sortie : attrapez une boisson fraîche, mettez-vous en maillot de bain et plongez-vous dans la magie de Noël avec un petit peu d'avance.

Si vous lisez ce roman en hiver : enroulez-vous dans un plaid, faites-vous chauffer une tasse de chocolat chaud et laissez l'esprit des fêtes vous envahir.

DANS LE TOME PRÉCÉDENT…

Mary Jones, chef d'entreprise solitaire de vingt-neuf ans, enchaîne les conquêtes sans lendemain, son cœur fermé à clé. Dirigeant sa boîte avec fermeté et autorité, elle n'exprime sa reconnaissance qu'à l'aide de gros virements. Une facilité pour la multimilliardaire la plus connue du pays.

Mais sa rencontre avec le beau Sam Thompson fait basculer sa vie. Après lui avoir refusé des avances plus que salaces, le jeune serveur comprend qu'il y a une personne totalement différente sous la façade froide et insensible qu'elle dévoile au grand public. Intrigué par ce qu'elle peut bien cacher, il décide d'apprendre à la connaître en l'invitant à s'ouvrir à elle, en imposant ses conditions. Il est loin de se douter à quel point il tombera sous son charme, malgré les précautions qu'il a promis de prendre.

Après s'être confiée à lui à propos de la mort de sa sœur Sara et du traumatisme lié à l'accident, Mary réussit à s'ouvrir un peu plus aux autres et laisse enfin s'échapper sa culpabilité.

N'ayant pas revu ses parents depuis douze ans, elle retourne également dans sa ville natale, Redonia, accompagnée de Sam. Les retrouvailles qu'elle appréhendait tant se déroulent à merveille. Devant la tombe de Sara, elle réussit à prononcer les mots qu'elle s'était juré de ne plus jamais dire.

Mary va même jusqu'à accepter de fêter Noël à nouveau, chose qu'elle n'avait plus faite depuis la mort de sa sœur. Mais la belle a du mal à laisser Sam de côté et cherche à tout prix à passer du temps avec lui à cette période. Porté par son cœur et son désir de satisfaire sa chérie, Sam propose à Mary qu'elle vienne rencontrer sa famille, le lendemain de Noël.

Le vingt-six décembre, entourée par les proches de Sam, Mary distribue des présents et touche enfin du doigt le véritable bonheur, celui de faire plaisir, tout simplement.

Une petite promenade dans la neige, une confession de la part de Sam et Mary s'ouvre comme une fleur au soleil. Elle exprime pour la première fois ses sentiments à son homme en lui murmurant un doux « Je t'aime ».

LA MAGIE DE L'AMOUR
TOME 2

Chapitre 1

MARY JONES

La table de réunion qui me fait face est recouverte de nombreux croquis qu'Angela et Christopher me présentent l'un après l'autre. Toutes ces robes seulement dessinées par de légers coups de crayon me semblent similaires, il n'y en a pas une seule qui se démarque d'une quelconque façon et ça ne me va pas. Je penche la tête sur le côté et me pince les lèvres, les bras croisés devant ma poitrine.

— Je ne sais pas... Je ne suis pas convaincue. Qu'est-ce que vous en pensez ?

Je me tourne vers Angela, qui les regarde avec attention. Son stylo coincé entre les dents, elle hausse les épaules et répond :

— Moi je les trouve très bien.

— Oui, elles sont bien, mais elles ne sont pas...

Christopher, comme bien souvent, s'avance et termine ma phrase :

— Parfaites ?

— Oui.

Je passe une main dans mes cheveux noirs et rabats une mèche sur le côté avant de me pencher un peu plus sur les quatre modèles qui ressortent le plus parmi la dizaine que je découvre aujourd'hui. C'est bien, mais ce n'est pas assez malheureusement.

— On lance une nouvelle collection, j'ai besoin que ce soit à la hauteur de la marque, original et classe. On doit continuer de se démarquer des autres. Angela, vous pouvez demander de nouveaux designs pour ces pièces, s'il vous plaît ?

— Oui, bien sûr, Mademoiselle Jones.

Angela, la fidèle assistante qui me satisfait toujours en répondant à la moindre de mes requêtes, attrape son téléphone et quitte la pièce en faisant claquer ses hauts talons sur le sol.

Christopher, celui qui s'est imposé de lui-même comme mon bras droit grâce à ses multiples talents, est un jeune homme à l'œil aiguisé. Dans son costume trois-pièces, il s'approche un peu plus de la table et récupère l'un des croquis. Il s'agit d'une robe cintrée aux épaules dénudées qui possède un énorme nœud graphique sur le côté de la taille.

— Celle-ci est quand même très originale. L'association du satin et de la dentelle au niveau de la taille, c'est audacieux.

— Oui, tu as raison…

Je penche la tête et récupère la feuille que j'observe avec plus d'attention. Le dessin n'est pas trop mal, les indications de tissu et de couleurs finissent de me convaincre. Oui, c'est quand même très bien il faut l'avouer.

J'ai appris à écouter un peu plus mes employés et à leur permettre d'avoir leur mot à dire, ils ont tous un talent à exploiter et les en priver ne leur octroiera jamais d'évolution. C'est ce que je fais très souvent avec Christopher, je l'écoute, car je sais qu'il a des choses pertinentes à dire.

— Je valide celle-ci, on voit ce que les designers peuvent nous proposer pour les autres ?

— Très bonne idée, Mademoiselle Jones.

Je souris à mon assistant et consulte l'heure sur ma montre, dix-sept heures, il est temps pour moi de rentrer.

— On voit ça lundi, la journée est terminée.

Angela refait apparition dans le bureau et je lui montre la robe que je veux garder.

— On va prendre le modèle numéro trois, on voit lundi ce que les designers peuvent proposer d'autre, ça vous va ?

— Bien sûr, Mademoiselle Jones.

Je récupère mon sac à main, mon manteau et me dirige vers la porte en souriant.

— Rentrez et reposez-vous, on s'occupe de tout ça la semaine prochaine. Bonne soirée et bon week-end à tous les deux !

D'une même voix, ils me souhaitent un excellent week-end et je referme la porte sur leurs larges sourires. Leur épanouissement, qui s'inscrit sur leurs visages radieux, tranche

singulièrement avec les têtes fermées que j'avais en face de moi il y a tout juste un an.

Tout a tellement changé depuis l'année dernière, j'ai l'impression que ma vie a pris un virage à trois cent soixante degrés, ce qui est loin de me déplaire ou de déplaire aux personnes qui travaillent avec moi.

La vie chez *Jones Entreprises* s'est nettement améliorée pour tout le monde, y compris en ce qui me concerne ! J'ai initié pas mal de changements cette année et je dois dire que j'ai enfin la sensation de pouvoir respirer. J'ai pris la lourde décision de fermer plusieurs branches qui ne me passionnaient pas, mais qui engendraient beaucoup d'argent. L'immobilier, la technologie... c'est terminé pour moi ! Même si ça me fait perdre un apport financier considérable, je gagne suffisamment bien ma vie et je me suis rendu compte que je n'avais pas besoin de plus.

J'ai bien évidemment indemnisé tous les employés qui ne pouvaient pas être embauchés par les nouveaux acheteurs puisqu'il était hors de question pour moi de mettre de braves gens sur la paille. Sam n'aurait pas été d'accord non plus avec cette terrible idée.

En provoquant en moi un déclic qui me manquait depuis des années, il a réussi à me faire reprendre le contrôle de moi-même et retirer ce masque qui me pesait de plus en plus lourd sur le visage. En apprenant à m'ouvrir à ses côtés, j'ai aussi appris à redevenir moi-même et, plus important encore : à me redécouvrir. Lorsque je me suis perdue à la mort de ma sœur, je n'étais qu'une jeune fille tout juste majeure, je n'étais pas la femme accomplie que je suis aujourd'hui et il me fallait prendre conscience de tout cela.

J'entre dans l'ascenseur et presse le bouton du rez-de-chaussée, impatiente de rentrer à la maison. La descente se fait rapidement, j'ai à peine le temps d'enfiler mon imper noir que je suis déjà dans le hall de mon building.

Ici aussi, tout a beaucoup changé par rapport aux années précédentes. Les boules de Noël, les guirlandes, les sapins et les multiples flocons qui décorent cet immense hall le prouvent. Cet endroit n'a vraiment plus rien d'austère. Mes talons claquent sur le sol et je me hâte à rejoindre Georges, qui m'attend sur le bord du trottoir.

Le froid de ce début du mois de novembre me saisit et je remonte mon manteau devant ma gorge, j'aurais peut-être dû penser à prendre une écharpe !

— Comment s'est passée votre journée, Mary ?

— Très bien, merci. Et la vôtre ?

— Bien également, je vous remercie.

Avec bonne humeur, je monte en voiture et remercie Georges de m'avoir gardé la porte ouverte. Il s'installe à sa place et démarre le véhicule, puis s'insère dans la circulation avec fluidité.

Mes yeux se perdent au-delà de la vitre, toute l'avenue a revêtu les couleurs pailletées, les sapins enneigés et les immenses guirlandes lumineuses

qui me faisaient tant de mal avant. En plus de supporter leur présence, je suis désormais heureuse, presque soulagée de les voir. Un petit sourire étire mes lèvres, ce qui n'échappe pas à mon chauffeur et ami.

— Vous êtes radieuse aujourd'hui, contente d'être en week-end, j'imagine ?

— Oh oui ! Très contente même ! Chloé arrive demain, je suis tellement impatiente de la revoir ! Et vous, vous avez des plans ?

— Pénélope voudrait commencer à faire du repérage pour les cadeaux des enfants, je vais passer le week-end la tête dans les rayons.

— Je vous souhaite du courage !

Ensemble, nous rions joyeusement et assez vite, la voiture s'arrête devant mon appartement.

— Merci, Georges. À lundi !

— À lundi, Mary !

Je lui adresse un sourire ainsi qu'un signe de la main et entre dans l'immeuble.

L'ascenseur avale les étages à une vitesse impressionnante, mais je réussis tout de même à m'impatienter, certaines choses sont immuables et mon manque de patience en fait partie. Bien que je travaille toujours dessus.

Les portes de la cabine s'ouvrent sur le couloir et je me précipite pour ouvrir la porte de chez moi, mon sac à main se balançant en rythme sur mon épaule. J'entre et retrouve enfin la chaleur de mon foyer et le doux sourire de mon homme.

Sam est assis sur le canapé et fixe la télévision avec beaucoup d'intérêt, du moins jusqu'à ce qu'il me voie. Un immense sourire étire ses lèvres que j'aime tant, il se lève et s'approche de moi sans me quitter des yeux. Sa barbe est toujours aussi fournie, ses cheveux longs retombent sur ses épaules en belles boucles brunes et ses yeux marron me font toujours autant frémir lorsqu'ils se plantent dans les miens.

J'ouvre les bras tandis qu'il me prend dans les siens en me soulevant au-dessus du sol.

— Mon amour !

Je l'embrasse avec passion et le laisse ensuite me reposer par terre.

— Tu as passé une bonne journée ?

— Très bonne, et toi ? Les livraisons ?

— Ça a été, rien de trop fatigant. Je suis rentré il y a vingt minutes à peine.

J'aurais dû le deviner, il a les cheveux légèrement en bataille, il porte son pantalon noir de travail et le pull en polaire qui arbore fièrement le logo de sa nouvelle entreprise, un camion surplombé d'un smiley qui sourit.

Il étire son dos, qui craque dans tous les sens et me demande :

— Tu veux une bière ?

— Avec plaisir !

Je file vers l'entrée, retire mon imper et le range dans le placard, puis administre le même sort à mon sac ainsi qu'à mes escarpins qui me font un mal de chien. J'avance à petits pas vers le plus grand canapé et m'y affale, très rapidement rejointe par Sam, qui me tend une canette de bière.

— Merci. Tu regardes quoi ?

— La chaîne musicale, ils ont rendu un hommage à Josh Park.

— Josh Park, c'est qui ça ?

— Un chanteur, il est mort d'une overdose il y a environ deux ans... Tu dois connaître sa femme, c'est une chanteuse de jazz ultra connue, Mia Burton.

J'écarquille de grands yeux, bien sûr que je la connais, je l'écoute en boucle ! Son dernier album est génial, mais je dois avouer que je n'ai pas du tout cherché à en savoir plus sur sa vie privée. Je suis du genre à penser que les artistes ou les célébrités ont le droit de préserver leur intimité...

— Oui, je la connais, c'est celle que j'écoute tout le temps ! Mais attends, tu dis que son copain est mort ?! C'est affreux ! La pauvre...

— Oui, ça a été un sacré drame à l'époque, toute une histoire par rapport aux circonstances floues qui entouraient son décès. Une ou deux semaines après, elle a même tenté de se suicider, mais tout le monde a voulu étouffer l'affaire, c'est elle qui en a finalement parlé dans le reportage qui retrace sa vie.

— Wouaw ! J'ignorais tout ça, c'est dingue !

Je tourne la tête vers la télévision et porte la bouteille de bière à mes lèvres, pauvre chanteuse, quel enfer elle a dû vivre...

Je pose mes jambes sur Sam et me laisse porter par la musique et par la tendresse de ce moment. Drogué ou pas, ce Josh Park avait de bien belles chansons, toutes plus romantiques les unes que les autres !

Je profite de cet instant de calme avant d'aller prendre une bonne douche et de préparer le repas avec Sam.

Oui, beaucoup de choses ont changé ici en un an...

Chapitre 2

SAM THOMPSON

Ce petit rituel du soir qui s'est instauré entre nous sans que nous nous l'imposions est devenu essentiel à ma vie, une façon comme une autre de souffler après les journées que je passe à arpenter la ville et ses alentours.

Après avoir fidèlement servi Will et son entreprise de traiteur, j'ai ressenti le besoin de changer d'emploi afin de me libérer du temps avec Mary. Certes, servir me plaisait beaucoup, mais les horaires n'étaient clairement pas compatibles avec notre relation et j'ai à cœur de la faire passer en priorité. Exactement de la même façon qu'elle le fait avec moi.

Elle a fait beaucoup d'efforts pour se débloquer du temps de son côté, elle apprend à déléguer, elle a fermé certains secteurs d'activité et plus important encore : elle rentre tous les soirs à l'heure. Quand certaines réunions traînent en longueur ou sont retardées par les imprévus de la journée, elle me prévient toujours et ne rentre jamais très tard comme elle en avait l'habitude avant. Ce qui a provoqué quelques disputes au début de notre relation. Elle ne voyait pas le mal, je le sais, mais elle faisait passer l'entreprise avant moi et finissait par oublier que notre couple, tout juste formé, avait besoin d'attention lui aussi.

Mais, elle s'est énormément améliorée, je suis vraiment heureux de l'avoir incitée à s'ouvrir aux autres, à enfin retirer cette carapace qu'elle s'était construite. La vraie Mary est tellement plus douce et altruiste ! Que ce soit dans la vie professionnelle ou personnelle, elle ne se contente pas de donner des ordres à tout va, elle écoute et prend les conseils des personnes qui l'entourent sans hésiter une seule seconde à se remettre en question. Je savais qu'une telle personne se cachait sous la surface froide, je ne suis vraiment pas déçu d'avoir écouté mon instinct.

Nos bières terminées, nous nous relevons du canapé et nous apprêtons à rejoindre l'étage quand mon téléphone sonne.

— J'en ai pour une minute.

Je dépose un rapide baiser sur sa joue, puis m'approche du comptoir de la cuisine où mon portable est posé.

— Salut, Chlo' ! Tu as perdu ton billet d'avion ou un truc du genre ?

— Ahah, très marrant, Sam ! Non, je ne l'ai pas perdu, tout va bien ! Euh, j'appelais parce que... je voulais juste te dire que...

Sa voix n'est pas aussi assurée et joviale que d'habitude, elle est hésitante et je n'aime pas du tout ça. Je me tends immédiatement.

— Chloé, qu'est-ce qu'il y a ? Ana va bien ?

— Oui, oui, elle est un peu fatiguée par le traitement, mais ça va. Je... je ne sais pas si je vais venir tout compte fait.

— Pourquoi ? Qu'est-ce qu'il s'est passé avec Ana ? Dis-le-moi tout de suite s'il y a quelque chose, ne me cache rien !

L'angoisse monte dans ma gorge et déforme ma voix. Mon cœur tambourine dans ma poitrine.

— Sam arrête de flipper, Ana va bien ! C'est juste que j'ai pas trop envie de la laisser, surtout en ce moment. Je sens qu'elle a besoin de moi.

Je pousse un soupir de soulagement, alors c'est de ça qu'il est question, ma petite sœur culpabilise de s'éloigner de notre grande sœur malade. J'aurais dû m'en douter, elle se dévoue tellement à elle depuis quelques mois...

— Peter s'occupe très bien d'elle, tu peux la laisser un week-end, tout ira bien. Et je suis certain que ça te fera du bien de t'éloigner de... tout ça.

— Oui, mais imagine qu'elle ait besoin de moi pour quelque chose ?

— Peter s'en chargera, et puis papa et maman aussi sont là, ils aideront. Il faut que tu décompresses de temps en temps et que tu prennes du temps pour toi.

— Mais...

— Non, il n'y a pas de mais qui tienne. Viens, s'il te plaît, ça nous fera plaisir de te voir.

— Bon... d'accord.

— On viendra te chercher à l'aéroport, tu atterris à quelle heure ?

— Vers dix heures et demie, je crois.

— Parfait. À demain, petite sœur. Embrasse Ana, Peter et les enfants. Je vous aime.

— Je t'aime, frangin, bisous à Mary.

Je raccroche et serre mon téléphone dans ma main en baissant la tête. J'ai une boule d'émotion dans la gorge qui ne cesse de grandir et m'empêche de penser clairement tout autant que de respirer convenablement. Je repose mon téléphone et ferme les yeux une seconde.

Mary, que je croyais déjà en haut, pose sa main sur mon épaule et de sa voix douce et réconfortante, elle me demande :

— Tout va bien... ?

— Oui, oui. Chloé a encore du mal à quitter Ana, c'est tout.

— Mais... elle va bien, hein ?

— Oui, apparemment ça va.

— Tu devrais l'appeler, elle motivera probablement Chloé à partir.

— Tu as raison, oui, mais je n'ai pas très envie de l'inquiéter. Chloé va venir, j'en suis certain. Je discuterai de tout ça avec elle, demain.

Je me penche vers Mary et dépose un baiser rapide sur sa bouche avant de l'attirer avec moi vers les escaliers, la douche chaude va finalement me faire plus de bien que prévu...

L'état de santé d'Ana me préoccupe terriblement depuis quelque temps, j'ai si peur que cette saloperie de maladie emporte ma sœur aînée...

Les médecins lui ont diagnostiqué un cancer des poumons il y a quelques mois, un véritable choc pour toute la famille et une douleur à laquelle personne n'était préparé. L'est-on réellement un jour ? Ce genre de saloperie frappe aléatoirement et sans jamais prévenir, on ne sait jamais qui s'en sortira et qui n'en réchappera pas... Pourvu que ma sœur soit assez forte pour foutre une raclée à ce foutu cancer...

En tout cas, Mary a mis toutes les chances du côté d'Ana en mobilisant les meilleurs oncologues du pays. Une dépense exorbitante, mais pour une fois, ni ma famille ni moi n'avons refusé ce cadeau.

Dans la salle de bain, j'appuie sur le panneau tactile et déclenche le pommeau de douche dont l'eau s'écoule en une fine pluie de gouttelettes chaudes. Ça fera du bien à mon corps tendu.

Mary dépose sur le meuble à côté des vasques deux serviettes propres et plisse les yeux à mon encontre tandis que je retire mon pull.

— Sam, tu es sûr que tout va bien ?

— Oui, pourquoi ?

— Je ne sais pas... Tu as l'air assez fatigué et... contrarié.

Je m'approche d'elle, prends sa main et embrasse ses phalanges.

— Ça va aller, bébé. Je suis fatigué et inquiet pour Ana, mais... ça va. Je gère.

— Je sais que tu gères, mais tu sais aussi que je suis là et que tu peux compter sur mon soutien.

J'encadre son visage de mes deux mains et plonge mes yeux marrons dans l'immensité du vert des siens.

— Je sais. Merci, ma princesse.

Je l'embrasse tendrement, puis recule la tête et lui dis :

— Je t'aime, tu sais.

— Je t'aime aussi, mon amour. De tout mon cœur.

Je l'embrasse à nouveau, puis fais glisser mes mains dans son dos et trouve la fermeture à glissière de sa jupe étroite. Je la fais glisser lentement et laisse le vêtement s'échouer sur le sol.

— On la prend cette douche ?

Un sourire espiègle et coquin illumine son doux visage, elle hoche la tête vivement en déboutonnant son chemisier en satin.

Enfin, le rituel du soir se poursuit avec délice.

Chapitre 3

MARY JONES

Dans le hall de l'aéroport, je danse d'une jambe à l'autre en attendant que Chloé arrive enfin. La main de Sam serre la mienne et son regard est figé sur le corridor dont doit surgir sa sœur d'une seconde à l'autre.

La plupart des autres passagers sont sortis et retrouvent déjà des bras tendus ou des chauffeurs de voitures brandissant des pancartes, où est-elle ? J'espère qu'elle n'a pas pris la fuite au moment de monter dans l'avion et qu'elle ne s'est pas défilée… Sam a besoin qu'elle réussisse, il a besoin qu'elle apprenne à laisser Ana.

Chloé s'occupe d'elle depuis des mois sans faillir et en a même oublié sa propre vie. Ce petit week-end loin des obligations qu'elle s'inflige ne peut lui faire que du bien.

À côté de moi, Sam est tout aussi stressé, il a les mains moites et commence clairement à s'impatienter.

— Putain, elle joue à quoi, là ?

— Je ne sais pas, mais elle va arriver, ne t'en fais pas.

Je ne suis pas sûre d'y croire moi-même, mais je sais qu'il a besoin d'être rassuré, je prie juste au fond de mon cœur pour qu'elle soit réellement en train d'arriver. Sinon, il se pourrait que Sam décide d'aller lui passer un savon lui-même…

Soudain, une tornade blonde se distingue au milieu des autres passagers et lève la main dans notre direction en souriant, elle est là !

Sam pousse un long soupir de soulagement et ses épaules se relâchent enfin. Chloé trottine en traînant sa petite valise derrière elle et saute dans les bras de son frère, ce qui me fait à mon tour relâcher la pression contenue dans mes épaules.

— Sam ! Je suis contente de te voir !

— Moi aussi, Chlo'.

Leur étreinte ne dure pas très longtemps, elle recule assez vite pour me prendre à mon tour dans ses bras.

— Mary, ma belle-sœur préférée !

Je la serre contre moi et pouffe de rire :

— C'est facile quand on en a qu'une, hein ?

— Oui, ça, c'est bien vrai, mais il n'empêche que c'est la vérité, tu es ma préférée !

Elle recule et passe sa main dans ses longs cheveux bouclés. Mon Dieu, elle a l'air épuisée ! Ses yeux sont assortis de gros cernes noirs et l'inquiétude de ces derniers mois est littéralement imprimée sur son visage. C'est la première fois que je la vois aussi marquée, elle la joviale et marrante petite sœur. Je n'imagine même pas ce qu'elle ressent…

— Tu as l'air sur les rotules, Chlo', est-ce que tu dors un peu au moins ?

— Mais oui ! Arrête de t'en faire pour moi, frangin !

Sans rien répondre, Sam attrape sa valise et nous nous dirigeons tous les trois vers la sortie, où ma voiture nous attend.

— Ben, où tu as mis ton chauffeur, Mary ? Papa et maman m'ont dit qu'il était venu les chercher la dernière fois qu'ils sont venus, je m'attendais au même traitement de faveur.

Je rigole et monte en voiture en même temps qu'elle, tandis que Sam met la valise dans le coffre et prend place côté conducteur.

— Je lui ai laissé son week-end, c'est Sam qui le remplace aujourd'hui !

— Dommage !

— Eh ! Je suis là, je t'entends ! Tu doutes de mes compétences de pilote ou quoi ?

— Hum, non, mais t'as pas conduit depuis genre... cent ans, non ?

— Je suis touché de voir que tu te souviens que je suis livreur depuis... hum quoi ? Neuf mois c'est ça ?! Je conduis tous les jours de la semaine, du matin au soir !

— Oh, mais oui que suis-je bête !

Chloé se tape la tête théâtralement et Sam s'insère dans le trafic en riant, ce qui ne manque pas de me faire sourire. Même fatiguée et inquiète, Chloé conserve quand même une dose de bonne humeur et sa seule présence suffit à redonner le moral à Sam.

Je ne sais pas si c'est finalement une si mauvaise chose qu'elle reste continuellement avec sa sœur, avoir le moral est primordial quand on est

malade et je ne doute pas une seconde des rires qu'elle doit provoquer chez Ana. En tout cas, je lui suis reconnaissante d'être venue, rien que pour Sam.

Le pauvre est si inquiet pour sa grande sœur qu'il en oublie parfois de garder espoir, n'est-ce pas pourtant lui qui m'a appris à le retrouver ?

Après au moins trente minutes à demeurer coincés dans les embouteillages, nous arrivons finalement à la maison. Sam stationne la berline dans le garage souterrain et nous remontons tous les trois par l'ascenseur. Chloé entre dans l'appartement à ma suite, pose sa veste et son sac sur sa valise et demande :

— Vous avez encore changé la déco ? Mais est-ce que vous allez seulement garder une pièce dans le même état plus de deux mois ?!

Elle se tourne vers Sam qui lève les mains en l'air.

— Tu dis ça à Mary, moi je n'y suis pour rien !

Elle pivote vers moi, les bras croisés sur la poitrine et le regard interrogateur.

— Ne te plains pas, si tu étais venue ici il y a un an, tu aurais détesté.

— Tant que ça ?

Sam me prend dans ses bras et intervient :

— Oh oui ! Disons que c'était bien plus... monochrome.

— Oui, le mot est choisi à la perfection.

Je pouffe de rire quand la bouche de Sam trouve mon cou, sa barbe me chatouille et je n'y résiste jamais. Je m'échappe pour ranger mon manteau et retirer mes chaussures à talons avant de les rejoindre dans la cuisine.

Sam a raison, avant qu'il ne vienne bousculer ma façon de penser, je vivais dans un appartement sans saveur particulière. Je ne faisais que passer ici, dormir, me doucher et manger, je n'avais pas besoin que la décoration me plaise puisque j'étais rarement là. Mais Sam m'a montré que c'était finalement très agréable de passer du temps chez soi et j'ai tout changé. Plusieurs fois. De très nombreuses fois.

En ce moment, les murs du salon sont gris clair, le sol marbré de blanc est recouvert d'un immense tapis de fausse fourrure jaune moutarde et la table basse qui le recouvre est ronde, en bois laqué blanc. J'ai accroché des cadres aux motifs colorés un peu partout, un cerf géométrique doré et noir sur un fond bleu canard, un flamant dans le même style, d'immenses plumes et d'autres sortes de plantes, toutes dans les mêmes tons. Ces couleurs rehaussent la pièce autant que les rideaux jaunes et les trois canapés bleus. Un grand et deux petits qui possèdent des pieds en métal doré. J'adore ce style ! C'est classe, dans l'air du temps et chaleureux.

Côté cuisine, j'ai fait changer toutes les portes de placard blanches et sans vie pour les remplacer

par des portes en bois sculpté, dans les mêmes tons que les canapés. J'ai une obsession avec cette nuance de bleu ces temps-ci, en décoration je la trouve vraiment canon !

Le comptoir qui sépare la cuisine du reste de la pièce n'est plus en marbre, mais en bois clair et s'associe parfaitement avec le reste de la décoration, il est aussi parfaitement assorti au plan de travail et à la table du côté salle à manger. Cette dernière est immense et n'est plus uniquement là pour faire joli, nous recevons souvent quelques amis ou encore notre famille.

Les différents meubles dans la pièce sont aussi recouverts de cadres contenant des photos de nos deux familles, chose que je n'aurais jamais imaginé disposer chez moi un jour. Il y a aussi bien sûr, les clichés de notre année passée ainsi que le tout premier, celui qui marque un tournant dans ma vie, celui que Sam m'a offert pour notre premier Noël.

Debout entre le plan de travail et le comptoir, Sam demande à sa sœur :

— Je te sers quelque chose à boire, frangine ?

— Je voudrais bien un café, s'il te plaît.

— Ça marche !

Sam s'occupe de préparer un expresso pour Chloé tandis que cette dernière prend place sur un tabouret haut, en velours bleu canard évidemment. J'attrape de mon côté un grand verre d'eau et en propose un à Sam.

— Vous m'avez concocté quelque chose de spécial pour ce week-end ? Une visite guidée de la ville ?

— Quoi, encore ?! Tu n'en as pas marre de revoir les mêmes endroits à chaque fois que tu viens ici ?

— Non ! Je m'en lasserai jamais, ça change de ma campagne !

— Mais Chlo', à chacune de tes visites, on voit les mêmes choses, tu n'as pas envie de changer un peu ?!

— Rooooh, t'es vraiment pas drôle comme grand frère ! Mary, je suis sûre que toi tu as envie de faire le grand tour avec moi !

Je pose mon verre d'eau en souriant, jette un œil à Sam et reporte ensuite mon attention sur Chloé.

— Pour être honnête... pas vraiment, mais nous avons pensé à autre chose, si tu es d'accord.

— Ah oui ? Et à quoi ?

— Et si, pour une fois, on restait un peu au calme ?

Chloé croise les bras sur sa poitrine comme une gosse vexée et fait mine de bouder.

— Elle est nulle ton idée, moi j'ai envie de m'amuser.

— On peut très bien s'amuser ici, tous les trois. Oh et on a quand même prévu une petite sortie pour cette après-midi.

— Ah oui ?!

Ses yeux s'illuminent soudain d'une quantité d'étoiles. Sam boit une longue gorgée d'eau, puis lui dit :

— Tu vas être contente, les boutiques de Noël du *Light Lux'* ouvrent ce week-end avec leur toute nouvelle déco.

— Oh oui ! Vendu ! Je n'y suis jamais allée !

Évidemment, je n'ai jamais mis les pieds là-bas non plus, mais Sam et moi avons pensé que c'était le meilleur endroit à lui faire visiter pour lui changer les idées. Et celles de mon homme aussi.

— Moi non plus, mais...

Je pivote vers Sam :

— Tu connais, toi, hein ?

— Oui, j'y vais chaque année, on trouve vraiment de tout, de la décoration aux cadeaux, il y a vraiment un choix incroyable.

— Alors tu seras notre guide !

— Ça me va, mais d'abord...

Il jette un coup d'œil à sa montre et annonce avec une certaine autorité :

— Chloé, tu vas aller te reposer dans ta chambre habituelle pendant que Mary et moi préparons le déjeuner.

— Non, je veux rester on a trop de choses à se dire...

Il la coupe dans son élan, il a certainement peur de craquer face à ses yeux de biche qui l'attendrissent à chaque fois.

— On aura tout le temps de parler ce week-end, mais d'abord tu dois te reposer on dirait que tu dors debout, tu as une tête de déterrée !

Elle plisse les yeux, mais termine son café d'une traite et se lève de sa chaise.

— Entendu, PA-PA !

Sam secoue la tête en riant et Chloé obtempère, elle rejoint la chambre qu'elle occupe chaque fois qu'elle vient ici en traînant derrière elle sa valisette. Cette fois-ci encore, j'ai fait en sorte qu'elle se sente bien et ai préparé la pièce telle qu'elle l'aime, plaid rose, peignoir et salle de bain avec baignoire à disposition.

La journée s'annonce belle et nous mettrons tout en œuvre pour que Chloé se sente bien, reposée et qu'elle puisse rattaquer la dure semaine qui s'annonce du bon pied.

Chapitre 4

SAM THOMPSON

Les allées du centre commercial sont bondées, on dirait que tout Orkney a décidé de se rendre ici au même moment et l'air devient très vite irrespirable. Le *Light Lux'* a beau être gigantesque et très lumineux, il n'empêche que toute cette foule commence sérieusement à m'oppresser. Chose qui n'a pas l'air de troubler un tant soit peu les deux filles, qui déambulent de boutique en boutique avec un sourire démesuré.

Mary a encore sorti son super pouvoir, celui de dégainer la carte bancaire plus vite que son ombre. Résultat ? Chloé repart avec une multitude de sacs contenant bien trop de vêtements ! Comment elle va ramener tout ça ?! Ma copine n'est pas en reste, elle s'est fait plaisir chez les créateurs et je prends comme une victoire d'avoir réussi à refuser ses cadeaux aux montants qui frôlent l'indécence. Elle a changé, oui, mais l'argent reste toujours un sujet problématique entre nous, puisqu'il demeure bien trop facile pour elle.

Elle ne se rend pas bien compte de ma difficulté à la laisser m'entretenir. Elle ne voit pas les choses comme moi et c'est très difficile de ne pas pouvoir participer à payer les charges de l'appartement. Il n'y a évidemment aucun loyer puisque le logement lui appartient, mais il y a tout un tas de frais inhérents à sa bonne tenue et avec mon

salaire, je ne peux même pas espérer y participer. Sans compter qu'elle refuse catégoriquement que je mette la main à la poche ! Alors pour compenser un peu, et après de très nombreuses négociations, j'ai quand même réussi à lui faire accepter que ce soit moi qui paye les courses, en allant les faire moi-même bien souvent. Ça soulage Emma dans ses tâches quotidiennes et ça me permet de me sentir chez moi...

Ce n'est pas si facile d'emménager chez une femme aussi riche, qui possède déjà tout. L'idée de chercher un autre appartement pour nous deux ne me déplaît pas, mais je me vois mal lui faire vendre celui-ci. Il est idéalement situé par rapport à son travail et à Orkney le trafic est si terrible que l'éloigner serait une très mauvaise idée. Ça lui ferait perdre du temps et elle déteste ça. Je réfléchis toujours sur la question...

Après avoir fait le tour de toutes les boutiques ou presque du *Light Lux'*, Mary et Chloé commencent enfin à en avoir marre.

Perchée sur ses escarpins et comprimée dans son jean slim noir, Mary se tourne vers moi :

— J'ai tellement faim ! On fait quoi, on rentre ?

Les yeux de ma sœur s'illuminent et elle propose :

— Ou alors on va manger au restau' ?!

— Non, Chloé, je crois que Mary a assez dépensé pour toi aujourd'hui.

— Mais c'est moi qui paye !

Mary lève la main, son bras retenant cinq sacs de shopping dans le pli du coude, et refuse :

— Non, non tu ne viens pas chez nous pour payer quoi que ce soit. Ça va me faire plaisir.

— C'est ce qu'on verra ! Tu m'as trop gâtée pour aujourd'hui et pour le week-end entier d'ailleurs ou même pour toute une vie ! Laisse-moi vous inviter.

— Mais Chloé, ce n'est rien je t'assure. Tout ça...

Mary pointe les sacs du menton et poursuit :

— Ce n'est rien. Vraiment.

— Oui, ne me sors pas ta carte de milliardaire pour qui l'argent ne compte pas, je connais la chanson par cœur, maintenant ! Allez, c'est moi qui régale !

J'explose de rire face à une Chloé plus autoritaire que jamais et hausse les épaules, puis débarrasse les filles de leurs nombreux (trop nombreux) sacs. Dans la bonne humeur, nous rejoignons le parking souterrain pour retrouver la voiture.

Une fois les emplettes rangées — ou plutôt entassées — dans le coffre, je passe côté conducteur et Chloé demande :

— On mange où alors ?

— Il y a un petit restaurant pas loin d'ici, ils servent un peu de tout, des pâtes, de la viande, du poisson c'est assez sympa.

— C'est dans mes prix rassure-moi, Mary ?

— Oui, je ne vais pas que dans des restaurants de luxe !

Les deux femmes explosent de rire et développent en moi un sentiment de joie extrêmement profond. Quoi de plus beau que d'être entouré par les personnes que l'on aime ? Rien, j'en suis certain. En tout cas, je ne connais pas de bonheur plus intense que celui de voir les deux femmes que j'aime s'entendre aussi bien.

Mary me donne le nom de l'endroit et je nous y conduis.

Après avoir dévoré nos entrées, le serveur nous amène nos plats et nous le remercions en chœur. J'entame mon assiette quand la conversation, qui jusque-là était légère et assez marrante, change totalement.

— Elle a perdu ses cheveux...

— Quoi ?!

— Ana, elle a perdu ses cheveux et j'ai dû lui raser la tête.

Mary pose sa fourchette dans son assiette et dégaine son téléphone à une vitesse impressionnante.

— Je vais faire jouer mes connaissances pour lui trouver quelqu'un qui lui fera une perruque sur mesure.

— C'est vraiment gentil, Mary, mais... elle n'en veut pas.

Mary baisse la main et repose son portable tandis que je reste sous le choc, incapable de prononcer le moindre mot. Je savais que ça arriverait. Je n'étais pas prêt. Malgré le casque réfrigérant hors de prix que Mary lui a acheté, ce qui devait arriver... arriva...

— Elle le vit mal ? Et les enfants ?

— Les enfants comprennent, Zoé a même demandé à son papa de lui faire la même coupe, car elle voulait, je cite : « être une guerrière comme maman » ...

Les larmes me montent aux yeux, mais hors de question de les laisser couler. Je dois être fort pour Chloé et ne rien lui montrer, c'est mon rôle. Alors, je souris. Légèrement, mais je souris quand même et je reprends une gorgée d'eau pour dissimuler mon malaise.

Mary se racle la gorge et reprend elle aussi une gorgée, l'émotion déforme sa voix.

— Elle est adorable... Et Ana ? Comment elle le vit ?

— Oh oui, un vrai petit ange doublé d'une tornade.

Je remarque que c'est la deuxième fois que la question est posée, pourquoi Chloé évite-t-elle d'y répondre ?

— Chlo', tu n'as pas répondu, comment elle le prend Ana ?

Ma sœur baisse les yeux sur son assiette de pâtes et entortille sa fourchette dedans. Une façon nonchalante de prendre son temps pour trouver

comment répondre. Mon cœur se resserre davantage devant le silence qu'elle laisse planer, même s'il ne dure que quelques secondes...

— Pas bien du tout. Elle refuse de sortir, même devant la maison, elle refuse catégoriquement de descendre de sa chambre. Elle reste au lit du matin au soir et n'en sort que pour aller aux toilettes... elle se renferme chaque jour un peu plus sur elle-même... Je ne sais plus quoi faire...

Éprouvée, Chloé fond en larmes et Mary se précipite pour la prendre dans ses bras alors que j'ai à peine le temps de me lever de ma chaise. Blottie contre la femme que j'aime, elle sanglote et mon cœur se brise. Debout face à elles, je me sens plus impuissant que je ne l'ai jamais été.

Stupide cancer qui fait souffrir les gens que j'aime...

— Ça va, Chloé, on est là...

Mary est si douce avec ma sœur, si tendre et si maternelle que j'en ai le souffle coupé. Elle caresse son dos affectueusement, tient sa tête de son autre main et la serre contre elle. C'est la première fois que je vois Chloé se laisser enlacer de la sorte...

Après quelques secondes, les larmes se tarissent et Mary reprend sa place à la droite de ma sœur, sans lâcher sa main.

— Je suis désolée, je crois que je suis très fatiguée en fait.

— Ne t'excuse pas, Chlo', c'est normal. Mais... Tu aurais pu m'appeler, je serais venu, j'aurais...

— Tu aurais fait quoi, frangin ? Elle veut voir personne, elle laisse à peine Peter l'approcher et les enfants... je t'en parle même pas. Maman et moi on a le droit de la voir, mais papa non. Elle ne se projette plus, elle ne parle presque plus... Elle me fait peur, Sam. On dirait qu'elle a baissé les bras.

— On va venir. On va essayer de l'aider.

Je me tourne vers Mary, surpris par ce qu'elle vient de dire. Bien sûr, j'avais la même idée en tête, mais le fait qu'elle le propose d'elle-même avant que je ne me prononce me prouve une fois de plus combien nous sommes faits l'un pour l'autre.

Ma sœur ouvre de grands yeux :

— Vous allez venir ? Quand ?

Mary se penche un peu vers Chloé et continue de caresser sa main, un geste d'un réconfort incroyable.

— On repart avec toi demain soir.

Cette fois, je manque de m'étouffer avec mon eau, je n'allais vraiment pas dire la même chose.

— Demain soir ?!

— Quoi ? Ta sœur ne va pas bien, on ne réfléchit pas et on fonce.

— Je suis totalement d'accord avec toi, mais il faut que je m'organise quand même avec le boulot et toi aussi tu travailles lundi.

— On a deux SMS à envoyer et ce sera réglé, Ana a besoin de toi, Sam.

— Euh...

Les yeux suppliants de Mary ainsi que ceux de Chloé me convainquent.

— J'enverrai un message à Bill alors.

— J'espère que ça aura de l'effet... Je ne sais plus quoi tenter et j'ai tellement peur qu'elle se laisse mourir.

Je me lève, m'agenouille à côté de ma sœur et la force à me regarder dans les yeux :

— Ne pense pas à ça. Je ne laisserai jamais une telle chose arriver, tu m'entends ? On va tout faire pour lui faire retrouver l'espoir, OK ?

Ma petite sœur hoche la tête, les yeux remplis de larmes et je la serre contre moi en priant de toutes mes forces pour que tout s'arrange. Ana doit vivre, rien ne peut lui arriver, je ne sais pas comment je pourrais survivre à une telle chose...

S'il y a un bon Dieu sur cette planète, pourvu qu'il entende mes prières et qu'il épargne ma chère Ana Girl.

Chapitre 5

MARY JONES

Le soleil de Palatino me fait plisser des yeux, mais la fraîcheur est bel et bien présente et je resserre mon écharpe autour de ma gorge dès ma sortie du jet. Au pied de ce dernier, Viviann et Arthur nous attendent en souriant, mais la tristesse et l'inquiétude tiraillent leurs traits d'habitude si rieurs. Je ne peux qu'imaginer ce qu'ils ressentent, voir leur fille malade et affaiblie doit leur briser le cœur, leur broyer les entrailles... Se sentir impuissant, je crois qu'il n'y a rien de pire.

Arthur prend Sam dans ses bras tandis que Viviann me tend les siens et me serre contre elle avec tendresse.

— Comment allez-vous, Viviann ?

— On fait aller, ma douce... On ne s'attendait pas à vous voir aussi vite.

Je relâche mon étreinte et Sam prend sa mère dans ses bras tandis que Arthur m'enlace rapidement.

Sam dit à ses parents :

— Quand on a su qu'Ana n'était pas bien, il n'y a pas eu d'hésitation possible...

Viviann pose une main douce et réconfortante sur la joue de son fils, un geste qui lui fait bien évidemment lever le bras assez haut vu la taille qu'il fait à côté d'elle.

— Elle sera contente de vous voir.

— Tu penses ?

— Je l'espère, mon fils. Elle te voue une admiration sans faille, j'ose croire que tu trouveras les mots pour l'aider et qu'ils atteindront son cœur.

— Je vais tout faire pour, maman.

Tous ensemble, et dans un silence un peu étrange, nous montons dans le pick-up des Thompson et rejoignons la maison d'Ana et Peter.

Comme si le destin savait ce qui allait se produire, Peter a reçu en février une offre pour travailler dans un cabinet situé à seulement quelques kilomètres de Palatino. Sans réfléchir plus longtemps, ils ont tous les deux sauté sur l'occasion de se rapprocher des parents d'Ana et ont trouvé une petite maison dans le quartier situé à deux kilomètres de celui de Viviann et Arthur. Une aubaine finalement qu'elle ne soit pas loin des membres de sa famille, elle n'aurait jamais pu traverser cette épreuve sans eux.

La route se fait en silence et je remarque que la jambe de Sam à côté de la mienne n'a de cesse de remuer, il appréhende de voir sa sœur et je le comprends totalement. Ana et lui sont très proches et la découvrir sans cheveux, prisonnière de cette maladie affreuse et terrifiante lui serre le cœur. Qui ne serait pas dans cet état ? On peut mesurer deux mètres ou même quinze, face à la maladie on devient minuscule et sans défense. Rien ne peut changer ça.

Je pose ma main sur son genou et le caresse tendrement. Il tourne la tête vers moi et me dépose un baiser sur la joue.

— Merci, ma chérie. Merci pour ce que tu fais pour moi, pour nous.

— Arrête, on a dit plus de mercis, tu te souviens ? Je t'aime et je serai toujours là pour toi et ta famille.

— Je t'aime aussi, tu es vraiment la meilleure.

Je souris à Sam et dépose un rapide baiser sur sa joue lorsque le pick-up s'arrête devant une jolie maison en bois entourée par une clôture blanche. Arthur se tourne vers nous en passant son bras derrière l'appui-tête de Viviann.

— Si elle refuse de vous voir, l'un ou l'autre... ne le prenez pas mal. Elle n'est pas très bien et ses réactions peuvent... blesser.

Il baisse la tête et Sam pose sa main sur la sienne pour le réconforter.

— Ça va, papa, on sait à quoi s'attendre... Ne t'inquiète pas.

— Peut-être que tu devrais d'abord y aller seul ? Je viendrai la voir après toi, si elle est d'accord.

— Oui, c'est une bonne idée... Elle appréciera sûrement un peu d'intimité.

J'offre un sourire réconfortant à Sam et nous descendons tous de la voiture avec cette même boule coincée dans la gorge et l'estomac.

La sonnerie de mon téléphone retentit alors que je commence à monter les quelques marches qui mènent à la porte d'entrée, je regarde l'écran et râle quand je découvre qu'il s'agit de Christopher.

Je montre le téléphone à Sam :

— Je réponds rapidement et j'arrive.

La famille au complet acquiesce et je décroche, légèrement contrariée.

— Christopher ? Il y a un problème ?

— Oui, je suis désolé de vous appeler un dimanche, Mademoiselle Jones... Mais il y a un très gros problème... Je suis vraiment, vraiment désolé...

Je souffle un grand coup, plus pour tenter de garder mon calme que pour réellement m'agacer, et demande :

— De quel ordre ?

— Les designs de la future collection ont disparu.

L'air frais qui me faisait frissonner n'est rien en comparaison de cette douche froide que je me prends en plein visage. Je commence à faire les cent pas sous le porche en posant un tas de questions au pauvre Christopher :

— Comment ça ? Disparus ? Mais ce n'est pas possible, on a des copies à peu près dans tous les serveurs ! Qu'est-ce qu'il s'est passé ? Quand avez-vous remarqué ça ?

— Il y a environ deux heures. J'étais en train de préparer le projet de la nouvelle collection pour n'avoir qu'à rajouter les designs que l'on doit recevoir demain et... il n'y a plus rien.

— Vous avez demandé aux créateurs ? Vous avez bien vérifié partout ?

— Oui, je ne vous aurais jamais appelée si je n'avais pas tout tenté pour les retrouver au préalable.

Je frotte mon front de ma main libre et passe une main nerveuse dans mes cheveux.

— Ils peuvent les redessiner, non ? Il y avait quoi, un modèle de sûr et neuf autres dont je ne voulais pas, ça ne pose pas un si gros problème, si ?

— Vous ne comprenez pas, Mademoiselle, c'est tous les designs de la nouvelle collection qui ont disparu, pas uniquement les robes.

Cette fois, le sol se dérobe sur mes bottines à talons et l'air commence à se faire rare dans mes poumons. Je me laisse retomber sur le banc en bois qui se trouve derrière moi et commence à sentir la colère habiter chacune de mes cellules. Je ne dois pas la laisser sortir, elle doit rester là où elle est...

— Nous avons tout tenté pour les retrouver, mais ils ont été supprimés des serveurs, les versions papier demeurent introuvables. Il nous reste un espoir du côté des stylistes, mais il est très maigre...

— Pourquoi très maigre ?

— Ils nous ont fait passer les originaux de leurs créations, ils n'ont pas gardé de copie de leurs travaux comme c'était convenu dans le contrat.

— Merde !

— Je suis vraiment désolé, Mademoiselle Jones, je fais tout ce que je peux... mais je devais vous prévenir...

— Ce n'est pas ta faute, Christopher. Écoute...

Vite. Il faut que je réfléchisse très rapidement et que je trouve une solution temporaire qui aidera la compagnie jusqu'à ce que je puisse revenir et régler le problème moi-même.

Comment mettre la main sur quelque chose qui a disparu ? Si les dessins sont introuvables, alors il faut recommencer. Ça implique un retard monstre dans la collection, mais a-t-on vraiment le choix ?

— Il faut recommencer, refaire des designs et je vais te laisser t'en occuper jusqu'à mon retour. On doit aller de l'avant, la collection prendra du retard, mais ce n'est pas très grave on fera ce qu'il faut pour remédier à ça.

— Vous êtes sûre ?

— Oui, je te laisse aux commandes, tu as quasiment la même vision que moi, pense à ce que je ferais à ta place et je suis sûre que tout sera parfait.

— Je vous remercie de me confier cette responsabilité, je ne vous décevrai pas, c'est promis.

— Je n'en doute pas. Quand tu auras des dessins sous les yeux et que tu les auras validés, envoie-moi quelques photos.

— Bien sûr, ce sera fait.

— Bon courage, je reviens dès que possible.

— À très vite, Mademoiselle Jones.

Je raccroche le téléphone et le cogne contre ma tête. Certes, c'est un problème auquel je viens de trouver une solution, mais elle est vraiment loin d'être idéale. Elle va me faire prendre beaucoup de retard et potentiellement perdre pas mal d'argent... Merde !

— Tout va bien ?

La voix cristalline de Chloé résonne à ma droite, je relève la tête et lui offre un sourire :

— Oui, un problème à la boîte, mais mon assistant s'en occupe.

— Ah merde...

— Oui, comme tu dis.

D'un pas lent, elle s'avance et finit par s'asseoir à côté de moi.

— Je voulais te dire, Mary... Je te suis très reconnaissante pour ce que tu fais pour nous tous. Ça compte beaucoup...

— Mais c'est normal, Chloé. Sans ton frère, je serais encore en train de crier sur tout le monde du haut de ma tour dorée et je n'aurais jamais renoué avec mes parents ou même avec les sentiments humains. Je lui dois tellement.

— Normal, mais pas obligatoire. Tu as un empire à gérer et tu te retrouves dans le fin fond de la campagne à devoir supporter une épreuve terrible... Tu aurais pu prendre peur et tourner les talons, alors merci de ne pas l'avoir fait.

Je pivote vers elle et attrape ses mains.

— Je ne tournerai pas les talons, plus jamais. Je suis là et je ne vais nulle part.

— Tu sais, j'ai toujours rêvé d'avoir une deuxième sœur. Je suis contente que ce soit toi.

Les larmes me montent aux yeux et j'attire Chloé contre moi pour la serrer dans mes bras.

Le fait qu'elle me considère comme une sœur provoque en moi une flopée d'émotions que je ne peux décrire. J'ai envie de pleurer de joie autant que de tristesse, une boule énorme pèse dans mon estomac et je voudrais lui dire que c'est réciproque, lui hurler même, mais je demeure incapable de prononcer le moindre mot. Je me contente de pleurer dans ses bras et de la laisser pleurer dans les miens.

Le lien que nous avons créé au cours de l'année est finalement encore plus fort que je ne le croyais.

Chapitre 6

SAM THOMPSON

J'entre dans la maison le cœur serré, j'ai tellement peur que je n'ai qu'une seule envie, celle de partir en courant. Non, c'est faux, je veux serrer ma grande sœur dans mes bras et pouvoir lui promettre que tout ira bien... Chose que je ne peux pas faire évidemment puisque je n'en ai aucune idée.

— Parrain !

Zoé me saute dessus et je la fais voler au-dessus de ma tête avant de la serrer contre moi. Elle a encore tellement grandi et changé, c'est impressionnant !

— Comment va la plus belle des princesses ?

— Bien ! Tu es venu pour voir maman ?

— Oui et mes trois adorables amours évidemment !

Je la repose sur le sol et prends dans mes bras Louis, qui n'a pas arrêté de tirer sur mon jean pendant que je câlinais sa sœur.

— Et toi, mon grand, comment ça va ?

— Ça va super bien !

— Eh, mais tu ne zozotes plus du tout !

— Ben tu crois quoi, je suis un grand maintenant ! J'ai huit ans !

— Je vois ça, je suis fier de toi !

Je le repose et récupère le dernier de la fratrie, James, qui se débat un peu.

— Arrête, tonton je suis trop grand pour les câlins.

— Comment ça ? Tu ne seras jamais trop grand pour les câlins, même quand tu auras vingt ans je t'en ferai, alors pas de ça avec moi !

Je rigole et commence à le chatouiller, ce qui le fait se tortiller dans tous les sens et pousser des cris aigus.

— James ! Stop, ta mère est fatiguée !

Tristement, James baisse la tête et je l'embrasse sur la joue avant de le reposer. Merde, pauvres gosses... À voir leurs têtes baissées vers le sol et leurs yeux tristes, les cris de joie ne doivent pas retentir souvent ici. Je me relève et serre la main à mon beau-frère, qui est visiblement tout aussi exténué.

— Ça va, Peter ?

— On fait aller, et toi ?

— Pareil.

Je lui offre une petite tape amicale sur l'épaule et lève la tête vers les escaliers.

— Elle est dans la chambre ?

— Oui...

Son visage est fermé, triste et l'étincelle dans ses yeux a disparu. Tout semble si morne ici... L'espoir a quitté la maison et j'ai la désagréable sensation qu'ils sont déjà en train d'enterrer ma sœur. Ça ne va pas se passer comme ça.

Je mets un pied sur la première marche et m'apprête à monter quand ma mère pose sa main dans mon dos.

— Je t'en prie, Sam... fais quelque chose.

Je me contente de hocher la tête, sinon je risque de perdre le fil de mes pensées. La pression qui pèse sur moi m'effraie un peu, mais je vais tenter d'être à la hauteur. Pour Ana, pour ma famille, pour moi...

Je marche au ralenti dans le couloir et une fois face à la porte de la dernière chambre, je pose la main sur la poignée en soufflant un coup.

J'entre et ce que je découvre dans cette pièce plongée dans la pénombre et qui sent le renfermé me glace le sang. Ana est allongée au milieu du lit, pâle et amaigrie, sa tête chauve recouverte d'un foulard rose en satin. Ses yeux sont fixés sur un écran de télévision et lorsqu'ils s'en détachent enfin pour se poser sur moi, la lumière qui les animait tant n'existe plus.

Je presse l'interrupteur et redonne un semblant de luminosité à l'endroit, ce qui lui fait légèrement plisser les yeux. Je m'avance vers elle en tentant par tous les moyens de dissimuler mon trouble.

— Qu'est-ce que tu fais là, Sam ?

— Ah sympa, c'est comme ça que tu accueilles ton petit frère ?

— Oh ! ne joue pas à ça. Je sais pourquoi tu es là.

Ana se renferme sur elle-même, elle croise les bras sur son torse et fronce les sourcils. Elle est peut-être têtue, mais elle a conscience de ce

qu'elle fait... Et elle sait sûrement aussi que je ne vais pas la laisser faire.

— Tant mieux, comme ça je ne vais pas avoir à faire semblant et à trouver une explication qui justifie ma présence ici.

Je m'assieds sur le bord du lit et sens le matelas s'enfoncer sous mon poids. Ana souffle de mécontentement, puis tourne les yeux vers la télé.

— Bon, qu'est-ce qu'il se passe ? Tu ne veux plus te battre ?

— Il ne se passe rien, tu es venu pour rien.

— C'est bizarre parce que ce n'est pas ce qu'on m'a dit.

Ana ne me répond pas, elle se contente de fixer l'écran et son visage creusé par la maladie reste inexpressif. Je ne l'ai jamais vue comme ça. Où est passée sa niaque ?

— Tu as pris un sacré coup dans la tronche avec cette histoire de cheveux, hein ?

À nouveau, elle garde le silence, mais je vois les larmes commencer à monter dans ses yeux.

— C'est vrai que chauve, ce n'est pas l'idéal, je ne vais pas te contredire là-dessus.

Je passe une main dans ma longue chevelure pour ponctuer ma phrase. Elle ne me répond toujours pas, mais sa lèvre se met à trembler et les larmes deviennent si nombreuses dans ses yeux qu'elles roulent d'elles-mêmes sur ses joues. Sans qu'elle ne puisse les contrôler.

— Mais tu savais que ça arriverait. Tu étais prévenue. La chimio est agressive, elle t'a fait tomber les cheveux. Et donc ?

Avec colère, elle plante ses yeux sur moi et se met à crier :

— Et donc je ne suis plus moi ! Je ne suis que cette malade que tout le monde regarde avec pitié et que personne n'ose froisser ! C'est ça ma vie maintenant ? Le défilé de médecins, les perfusions et tous les effets indésirables ?! Si c'est ça, je ne vois pas à quoi bon continuer à faire semblant !

Ma sœur est en larmes, je sens sa colère autant que sa tristesse et je me retiens de pleurer à mon tour. C'est le moment pour moi d'être fort.

— Je ne te vois pas comme ça, moi. Tu veux savoir ce que je vois ?

Elle hoche la tête en essuyant ses larmes avec la manche de son peignoir.

— Moi je vois une gamine qui fait un caprice pour de pauvres cheveux qui repousseront de toute manière. Je vois une femme, trop têtue pour admettre qu'elle se comporte comme une chieuse avec sa famille désespérée. Je vois une mère qui délaisse ses enfants et son mari juste pour pouvoir regarder des débilités à la télé.

Ses yeux s'agrandissent de surprise et sa bouche s'entrouvre avant de se refermer.

— Je vois aussi une fille qui refuse de parler à son propre père sans raison. Je vois une grande sœur qui ne se rend même pas compte de la détresse de la plus petite.

Les larmes recommencent à couler sur ses joues, je me rapproche d'elle et prends ses mains dans les miennes avec affection.

— Je te vois Ana, telle que tu es toi et je m'en fous de la maladie. Elle ne te définit pas elle n'est que de passage, elle te fait chier et ça j'en suis conscient, mais il n'y a pas qu'elle en toi. Il y a tout le reste et je crois que si les autres l'ont oublié c'est aussi parce que toi tu l'as oublié. Tu t'es oubliée en route.

Je me rapproche un peu plus et la prends contre moi, la laissant déverser ses larmes sur mon pull tout en caressant son dos de la main.

— Je t'aime Ana, mais je vais avoir besoin que tu te sortes les doigts du cul et que tu foutes une raclée à ce cancer.

Elle émet un petit rire entrecoupé de larmes et souffle :

— Merci, Sammy Boy…

Pendant encore quelques minutes, je la garde dans mes bras et profite de ce moment auquel je n'ai pas eu droit depuis bien trop longtemps.

Quand je la sens calmée, je relâche un peu mon étreinte et recule ma tête pour voir son visage.

— Mary est venue aussi, elle a plusieurs idées pour cette histoire de cheveux.

— Non, j'ai dit à Chloé que je ne voulais pas de perruque.

— Il n'y a pas que les perruques. Dois-je te rappeler qu'elle est un peu la reine de l'industrie de la mode ? Elle a la valise pleine de foulards et je crois qu'il y en a qui viennent de grands créateurs.

— Elle abuse…

— Rien n'est trop beau pour ma sœur.

Je lui donne un baiser affectueux sur le front et me relève, puis lui tends la main.

— Allez viens, on va rejoindre tout le monde en bas.

Elle hoche la tête, puis en douceur, elle sort ses jambes de la couverture et pivote sur le lit pour poser ses pieds sur le sol. Je l'aide à trouver son équilibre, puis je lui demande :

— Tu veux me tenir le bras ou pas ?

— Oui, s'il te plaît.

Elle remet son peignoir correctement, s'accroche à mon bras et nous quittons lentement, mais sûrement, la chambre. Je ne pensais pas que ce serait aussi facile de la faire sortir de là, mais je suis vraiment heureux d'avoir réussi à l'atteindre, il ne me reste plus qu'à dire à tout le monde d'arrêter de la ménager et on devrait pouvoir avancer.

Au moment de descendre les escaliers, elle se fige et resserre plus fort encore mon avant-bras.

— Qu'est-ce qu'il y a, Ana Girl ? Tu as peur d'un simple escalier ? Il ne va pas te manger.

— Je n'ai pas… Je ne suis pas descendue depuis très longtemps.

— Rien n'a changé, fais-moi confiance tout se passera bien.

Lentement, nous descendons et Ana se tient très fermement à moi. Quand ma mère nous voit,

le silence se fait dans le salon et tous les yeux sont braqués sur nous. Avec humour, je m'exclame :

— Qu'est-ce qu'il y a ? On a un truc sur le visage ou quoi ?

Mary est la première à s'avancer vers nous lorsque nous posons le pied au rez-de-chaussée et elle offre une étreinte chaleureuse à Ana, qui ne la refuse pas.

— Contente de te voir, Ana, tu as l'air en forme.

Ma sœur porte sa main sur son foulard et hausse les épaules.

— Bof, on a vu mieux, mais Sam m'a foutu un petit coup de pied aux fesses et c'est vrai que ça rebooste.

Mary sourit et plisse les yeux à mon égard.

— Il a tendance à faire ça, oui !

Les deux femmes rigolent et je vois que mes parents ainsi que Chloé commencent à avoir les larmes aux yeux. Peter quant à lui est abasourdi de l'autre côté de la pièce. J'imagine qu'ils n'ont plus entendu le rire d'Ana depuis un moment maintenant.

Elle lâche mon bras et prend celui de Mary pour s'avancer jusqu'au canapé, où ses trois enfants sont assis et sages comme des images, ou plutôt subjugués par la présence inespérée de leur mère.

Ma sœur s'installe entre James et Louis, puis demande à Zoé de venir sur ses genoux. Ma mère et Chloé, d'un pas aussi furtif que possible, me rejoignent et chuchotent :

— Comment tu as fait ? Elle n'est pas sortie du lit depuis presque un mois et demi...

— J'ai arrêté de la traiter comme une malade, c'est ça qui l'énerve le plus, qu'elle soit enfermée dans cette maladie et que tout le monde cesse de la voir telle qu'elle est.

— Mais on ne voulait pas la froisser... c'est déjà assez dur comme ça...

— Je sais maman, je sais que ça part d'une bonne intention, mais il va falloir arrêter de la ménager et s'adresser à elle comme si elle n'avait rien.

— Si c'est ça qu'elle veut alors, d'accord.

— Merci, mon fils, tu as fait un miracle et, regarde ! Les enfants retrouvent enfin leur mère !

Effectivement, le sourire des enfants est si grand et lumineux que je ne peux m'empêcher de sourire à mon tour. Enfin un peu de soleil dans cette maison !

Je sais que la route est encore longue pour Ana, je sais que rien n'est joué, mais je sais aussi qu'elle a besoin de lumière et de joie pour aller mieux. Elle ne doit plus se laisser enfermer dans cette maladie qui la ronge et personne ne doit encore lui donner l'impression qu'elle n'est qu'une malade. Elle est tellement plus que ça. Une épouse, une mère, une fille, une sœur, une femme à part entière.

Rire avec ses enfants et les câliner lui redonne déjà des couleurs et elle se rapproche déjà bien plus de la Ana Girl que je connais et que j'aime.

Le cancer est sombre, terrifiant, douloureux, la meilleure arme pour le combattre c'est la lumière, la joie de vivre et l'espoir.

C'est de ça qu'a besoin cette famille : d'espoir.

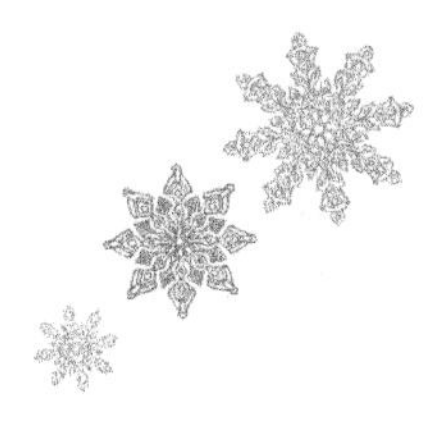

Chapitre 7

MARY JONES

Dans la voiture qui nous ramène à la maison, je suis excessivement anxieuse et mon état ne s'améliore vraiment pas malgré le bras de Sam autour de mes épaules. Ces quelques jours loin d'Orkney m'ont semblé être une excellente idée, mais j'étais loin de me douter de ce qui arriverait au siège de l'entreprise pendant mon absence.

Christopher a géré d'une main de maître, je ne peux pas dire le contraire, mais Angela est aux abonnées absentes et ça commence sérieusement à m'inquiéter. Elle est injoignable depuis lundi et mon estomac qui se tord dans tous les sens me pousse à croire qu'il y a quelque chose qui ne va pas.

Heureusement qu'Ana va mieux et qu'elle a retrouvé le moral, sinon je ne sais pas dans quel état je me serais retrouvée ! Sam a réussi à l'aider à lui faire prendre conscience qu'elle devait garder le sourire et continuer de se battre sans faillir. Avec les traitements qu'elle reçoit, elle peut terrasser ce cancer sans problème. Elle a même accepté de prendre les foulards que j'avais récupérés pour elle et elle a désormais un tiroir rempli, elle pourra changer de look à volonté !

Même si ce petit voyage n'était pas prévu, je dois dire qu'il m'a fait du bien. Revoir les personnes qui nous entourent, bien qu'elles ne soient pas directement ma famille, me fait toujours beaucoup de bien. Ça me donne encore plus envie de retrouver mes parents et je suis vraiment impatiente d'être à Noël pour les voir débarquer chez nous. Nous avons même réussi à convaincre Ana et Peter de venir avec les enfants alors qu'ils ne voulaient pas sortir de leur maison, l'air d'Orkney fera le plus grand bien à ma belle-sœur, je n'ai aucun doute là-dessus. Enfin, si on omet le taux impressionnant de pollution de la ville… Finalement, ce n'est pas vraiment la qualité de l'air qui lui fera du bien, mais plutôt le fait de changer de paysage.

Perdue dans mes pensées, je ne me rends même pas compte que mon téléphone sonne sans relâche, c'est Sam qui me prévient.

— Tu ne décroches pas ?

Je secoue la tête et tire mon Smartphone hors de mon sac à main.

— Allô ? Christopher, tu as du nouveau pour moi ?

— Oui, Mademoiselle Jones. Nous avons environ trente pièces pour le moment, les créateurs travaillent d'arrache-pied pour tenter de reproduire ce qu'ils avaient fait, mais sur une collection de cette taille… Ils disent que ça peut prendre du temps.

— Trente pièces, tu dis ? Oh là… Bon, pas de panique je viens d'atterrir à Orkney, je serai là d'ici une heure.

— Bien, Mademoiselle Jones.

— Tu as réussi à joindre Angela ?

— Non, toujours pas...

Je souffle et ferme le poing, ça commence sérieusement à m'inquiéter cette histoire.

— On règlera ça aussi. À tout à l'heure.

Je raccroche et range mon téléphone tandis que Sam me demande :

— Toujours rien du côté de ton assistante ?

— Non... Je ne sais pas du tout ce qui a pu lui arriver, je suis assez inquiète, j'espère qu'elle n'a rien de grave.

— Tu peux tenter de contacter ses parents, peut-être ?

— Oui, c'est ce que je pensais. Je vais voir ce que j'ai sur elle à la boîte.

Sam relève la tête et demande à Georges :

— Vous pouvez nous amener directement chez Jones Entreprises, s'il vous plaît ?

— Bien sûr.

— Non, non, Sam je rentre avec toi à la maison d'abord. Je veux t'aider à tout ranger.

— T'en fais pas, je vais m'en occuper. Il faut que tu t'occupes de tout ça.

— Tu es exceptionnel, tu le sais ça ?

— Je commence à le savoir, oui.

Sam m'attire dans ses bras et me serre contre lui avec amour et tendresse. Je lui suis très reconnaissante de comprendre combien tout ça est critique. Même si nous avions prévu de rentrer ensemble, il saisit l'importance de la chose et fait

l'impasse sur notre petit moment à deux sans sourciller. Un amour.

Après quelques kilomètres dans la ville, Georges s'arrête devant mon building et je descends de la voiture en remerciant une fois de plus Sam.

— C'est rien, contente-toi de t'occuper de tous ces problèmes, on se voit ce soir.

— Je t'aime !

J'entre dans le hall, en faisant toujours claquer les talons de mes chaussures sur le sol marbré, et emprunte l'ascenseur pour rejoindre mon étage.

Quand j'arrive, c'est l'effervescence ! Tous mes employés sont affairés sur leurs bureaux, vont et viennent dans des salles de réunion et je remarque que Christopher gère toute l'équipe d'une main de maître.

— Non, celui-ci, ça ne va pas ! Vous me changez la bretelle et... la ceinture. Ça... On valide ! Vous le photocopiez, vous l'enregistrez sur le nouveau serveur et vous me l'envoyez aussi par mail. On triple tout !

Quand il se retourne et m'aperçoit, il pousse un soupir de soulagement et ses épaules semblent s'affaisser légèrement.

— Mademoiselle Jones ! Je pensais que vous ne viendriez que dans une heure...

— J'ai pu m'arranger. Alors, je vois que tu gères très bien. Tu as quoi à me montrer ?

J'entre dans la salle de réunion numéro trois à sa suite et je regarde les pièces qu'il me montre et qu'il a soigneusement sélectionnées.

— C'est très bien, j'aurais pris la même chose. Tu en as combien en tout, maintenant ?

— Quarante...

— Ce n'est vraiment pas assez. Il va falloir redoubler d'efforts...

Je ramène mes cheveux en arrière et les attache en une queue de cheval rapide, ils ont vraiment beaucoup poussé, c'est dingue ! J'attrape un crayon qui traîne sur la table et cherche une feuille blanche.

— Il manque quoi ?

— Robes, jupes, pantalons... un peu de tout à vrai dire.

— Bien, fais-moi porter un café, s'il te plaît.

Je m'installe sur une chaise et commence à dessiner une robe. Je n'ai pas fait ça depuis des années, mais mon coup de crayon est encore à peu près potable. Penchée sur ma feuille, je dessine une robe, puis une jupe et mon café arrive.

— Mademoiselle Jones, vous dessinez ?

— Oui, je prends les choses en main, Lise. Je vais avoir besoin de vous pour quelque chose. Est-ce que vous pouvez trouver le dossier d'Angela, s'il vous plaît ?

— Bien sûr.

Elle s'éclipse et Christopher revient avec un carnet à dessins.

— Tenez, j'ai pensé que vous seriez plus à l'aise sur ça.

— Merci, Christopher.

Je récupère le carnet et poursuis mes dessins, puisqu'il nous faut environ deux cents designs pour… avant-hier, eh bien autant mettre la main à la pâte et en créer moi-même !

Ne dit-on pas que l'on est jamais mieux servi que par soi-même ?

Je trace, laisse mon imagination déborder et atterrir sur le papier en multiples coups de crayon. Autour de moi, les gens défilent, plusieurs viennent demander l'avis Christopher et déposent une multitude de designs auxquels je jetterai un œil plus tard.

Au bout d'une heure, j'ai plusieurs choses à montrer à mon assistant et Lise revient enfin, la mine totalement défaite.

— Lise ? Tout va bien ?

— Oui, Mademoiselle Jones, mais…

— Que se passe-t-il ? Vous avez l'air tétanisée…

— Le dossier d'Angela a complètement disparu. Il n'existe plus une seule trace d'elle dans l'entreprise.

— Pardon ?!

Christopher a parlé avant moi. Debout à ma droite, il détourne son attention du carnet à dessins qu'il tient entre les mains et je jurerai voir passer un éclair de colère dans son regard bleu. Je reste quant à moi tellement sous le choc que je suis incapable de parler ou de bouger.

— Je n'ai rien trouvé la concernant dans les fichiers informatiques, je me suis permis d'aller voir au service des ressources humaines afin de récupérer son dossier physique, mais… il n'était plus là. Charles n'a pas pu m'en dire plus il n'était même pas au courant qu'il avait disparu.

— C'est quoi ce délire ?!

Christopher, qui est un homme absolument charmant, doux et poli, sort de ses gonds. Sa voix est montée dans les aigus si vite que j'ai presque cru que quelqu'un d'autre avait parlé.

Je tends le bras vers lui et pose ma main sur son poignet avec respect.

— Calme-toi, Christopher, il s'agit peut-être d'une erreur. Lise, tu as fait la recherche sur mon serveur ?

— Oui, Mademoiselle Jones.

— Bon, il doit y avoir une explication. Peux-tu vérifier rapidement si d'autres fichiers ont disparu s'il te plaît ? Il existe un document qui recense le nombre total d'employés, tu pourras le comparer avec le nombre total.

— Je m'en occupe tout de suite.

Lise quitte la pièce et Christopher s'assied à côté de moi.

— Mademoiselle Jones, si vous voulez mon avis ce n'est pas une erreur ou une coïncidence, Angela a quelque chose à voir dans la disparition de son dossier et de tous les designs.

— Christopher ! Ça ne va pas ? Comment tu peux dire une chose pareille ?!

— Angela et moi sommes les seuls à avoir accès à tous les serveurs, en dehors de vous. Je pensais qu'il s'agissait de l'œuvre d'un pirate et j'ai demandé au service informatique de creuser de ce côté-là, mais ils n'ont trouvé aucune intrusion. Forcément... si l'intrus vient de l'intérieur, il n'y a pas réellement eu de...

La planète tourne sous mes pieds à une vitesse ahurissante, je suis prise d'un vertige et attrape ma bouteille d'eau afin d'en boire une longue gorgée. Les mots de mon assistant ne me parviennent plus que comme un son étouffé et je ne comprends rien à ce qu'il me dit. Non, elle n'a pas pu... Elle travaille pour moi depuis des années et a toujours été irréprochable, elle remplit ses tâches avec beaucoup de sérieux et répond à toutes mes demandes, pourquoi aurait-elle voulu faire foirer la collection ?

— ... ça fait trop de coïncidences, si vous voulez mon avis. On devrait enquêter.

Je secoue la tête, tirée de mes pensées par cette dernière phrase.

— Quoi ?

— Je pense que l'on devrait enquêter, enfin... prévenir la police pour qu'ils le fassent quoi.

— On aura l'air malins s'il ne s'agit que d'un hasard et qu'elle a juste un problème personnel à régler. On ne connaît pas la vie des gens, peut-être a-t-elle des difficultés ? Est-elle seulement en pleine possession de ses moyens quelque part ?

— Mademoiselle Jones, si je peux être honnête avec vous... j'adore votre nouvelle façon d'être, vous êtes bien plus gentille tout en restant redoutablement efficace, si ce n'est plus. Mais... je vous en prie, ne devenez pas naïve pour autant.

Je rêve ou quoi ? En quoi m'adoucir et devenir altruiste me ferait devenir naïve ?! Je croise les bras devant ma poitrine et hausse un sourcil tandis qu'il poursuit, sûr de lui :

— Angela rêve de vous voir tomber et de prendre votre place...

— Attends, qu'est-ce qui te fait dire ça ?

— Je n'ai aucune certitude, mais tout le monde à la boîte sait qu'elle vous voue une admiration... malsaine. Elle rêve de vous ressembler et ce n'est pas pour rien qu'elle s'habille comme vous. On dirait un clone... Je me contente de relier les points entre eux...

— Non, c'est trop tordu... et ça n'explique pas pourquoi elle aurait foutu en l'air la collection et disparu totalement...

La vérité me frappe de plein fouet. Un peu comme un train lancé à pleine vitesse qui s'écrase contre une voiture au milieu de la voie, une explosion de vérité qui provoque une douleur atroce au milieu de ma poitrine. J'écarquille les yeux face à la révélation et porte la main devant ma bouche entrouverte.

Christopher a l'air tout autant affecté que moi, il ravale difficilement sa salive et baisse la tête.

Merde... je crois que je viens de me faire doubler par une assistante. Il ne me reste plus qu'à contacter mes avocats.

Chapitre 8

MARY JONES

J'attends des nouvelles de l'avocate de renom que j'ai contactée depuis cinq jours et je commence réellement à perdre patience. Elle a peut-être un emploi du temps très chargé, mais moi aussi ! Et je crains fort que les choses soient en train de s'aggraver à mesure que le temps passe.

Après avoir réalisé qu'Angela était sûrement à l'origine de la disparition des pièces destinées à la nouvelle collection, Christopher et moi avons fouillé un peu plus et nous avons découvert que l'affaire s'avère bien plus complexe qu'il n'y paraît.

Le service informatique a bien été capable de retrouver l'adresse IP de connexion qui a supprimé les designs, mais aussi le profil connecté et c'est là que ça coince… La personne connectée c'était moi. Évidemment, je n'ai pas saccagé ma propre marque, mais aux yeux de la loi, il va falloir le démontrer.

En dehors des designs, Angela a aussi fait disparaître de nombreux documents tous plus importants les uns que les autres. Des feuilles de route pour la campagne publicitaire de la prochaine collection aux futures collaborations pour les soirées de lancement en passant par des centaines d'heures de vidéosurveillance. Elle n'a rien laissé au hasard…

Heureusement, avec l'aide de toute mon équipe, les croquis pleuvent et sont tous plus réussis les uns que les autres. Nous aurons bientôt le nombre de pièces idéal pour lancer les patronages, qui auraient dû commencer aujourd'hui. Les matières premières ayant été choisies avant l'incident, on gagne déjà un temps considérable de ce côté-là.

Sur mon ordinateur, un nouveau mail m'est signalé sur ma boîte personnelle, ce qui est étrange. Je l'ouvre et manque de fracasser mon clavier tant la colère qui monte en moi est instantanée.

De : Anonyme
À : Mary Jones
Le : 15 nov. 2021 10:32
Objet : TIC TAC

Alors, Mary, on se laisse aller dans les bureaux ? Que penseront les gens en découvrant cette vidéo ?

TIC TAC

Il y a un moyen très simple pour qu'elle ne fuite pas… Rassemblez trois millions d'euros avant vendredi midi et je supprime l'original ainsi que les nombreuses copies.

TIC TAC

Vous déposerez l'argent dans un sac de sport que vous dissimulerez derrière le premier banc que vous verrez à droite en entrant dans le jardin des Lumières.

TIC TAC

P.S. Comment va votre collection ?

Je n'ai pas besoin de réfléchir bien longtemps pour comprendre que l'auteur de ce mail n'est personne d'autre qu'Angela. Je clique sur la pièce jointe et manque de tomber dans les pommes. Une vidéo filmée par une des caméras de la boîte se lance et j'y découvre Sam et moi, en plein ébat.

Je porte les mains contre ma bouche, horrifiée de nous voir exposés de la sorte. Je me rappelle parfaitement cette journée, Sam était venu me récupérer et, comme bien souvent, j'étais d'humeur coquine, j'ai profité de l'absence de tous les employés de l'étage pour me laisser un peu aller. J'ai été bien bête de penser que la caméra de mon bureau avait été désactivée, comme je l'avais demandé de nombreuses fois à... Angela. Tout s'explique...

Je ferme la fenêtre avec rage quand mon téléphone fixe sonne. Mon ton lorsque je décroche est un peu plus tranchant que ce à quoi je m'attendais.

— Quoi ?!

— Pardon, Mademoiselle Jones...

La voix de la standardiste de l'accueil est chevrotante, elle me fait comprendre à quel point je viens de lui manquer de respect... Comme avant...

— Excusez-moi, Lydia... Que se passe-t-il ?

— Maître Morgan est là.

— Oh, mon dieu, parfait ! Faites-la monter, s'il vous plaît.

— Tout de suite, Mademoiselle Jones.

Je raccroche, puis décroche à nouveau le combiné et presse le bouton qui me met directement en relation avec Lise.

— Lise, pouvez-vous demander à quelqu'un de me faire apporter deux cafés dans mon bureau, s'il vous plaît ?

— Bien sûr.

— Merci beaucoup, maître Morgan est arrivée, il faudrait aussi que Christopher vienne s'il n'est pas trop occupé.

— Il arrive tout de suite.

Christopher, Lise et Nina travaillent dans les bureaux juste en face du mien, où Angela était aussi. C'est une pièce fermée et assez grande pour contenir quatre bureaux et quatre des meilleurs assistants de Jones Entreprises. Enfin, les trois meilleurs.

Je me relève, lisse ma jupe du plat de la main et arrange mon chemisier avant de me diriger vers la porte, que j'entrouvre pour attendre l'avocate.

En contactant mes propres avocats, qui sont spécialisés dans la gestion des entreprises, ils m'ont de suite conseillé de faire appel à cette femme, redoutée par ses pairs. Son nombre d'affaires remportées donne le tournis tandis que celles qu'elle a perdues approchent du néant. Un véritable requin et j'ai la nette impression que c'est précisément ce dont j'ai besoin.

Une femme élégante vêtue d'un tailleur gris s'avance d'un pas décidé vers moi et pour la première fois de ma vie je me sens intimidée par une autre femme. Ses cheveux lâches retombent en cascade bouclée sur ses épaules, un mélange de marron et de blanc qui ne retire rien à sa grâce naturelle. Elle arrive à mon niveau, fait passer son porte-document d'une main à l'autre et me tend celle qui est désormais libre, affichant un sourire radieux.

— Bonjour, Maître *Catherine Morgan*, enchantée de vous rencontrer.

— Enchantée également, Mary Jones, PDG de Jones Entreprises.

Nous nous serrons la main brièvement, puis je l'invite à entrer dans le bureau quand Christopher arrive. Il salue respectueusement l'avocate, puis nous prenons place tous les trois autour de la table de réunion située dans mon bureau.

— Alors, j'ai cru comprendre avec les éléments qui m'ont été transmis qu'il s'agissait d'une affaire d'abus de confiance ?

— Entre autres choses, oui. L'une de mes assistantes, Angela Stewart, aurait supprimé tous les modèles de la prochaine collection ainsi que de nombreux documents importants liés à celle-ci et des vidéos de surveillance.

Catherine, qui a enfilé une paire de lunettes à la monture dorée, sort un porte-bloc en cuir noir et commence à noter ce que je lui dis.

— Cependant, je crains que les choses prennent plus d'ampleur encore...

Je baisse les yeux sur la tablette que je tiens en main et ouvre le mail avant de tendre l'objet à l'avocate.

— Je viens de recevoir cet e-mail, il s'agit de chantage, n'est-ce pas ?

Avec beaucoup d'attention, elle le lit et je prie de toutes mes forces pour qu'elle n'ouvre pas la pièce jointe.

— La vidéo en question, de quelle façon vous incrimine-t-elle ?

Je me sens rougir jusqu'à la racine de mes cheveux. Je tourne rapidement le regard vers Christopher, qui n'a pas encore eu connaissance de ce mail et qui découvre l'information, puis reporte mon attention sur l'avocate.

— Il s'agit d'une vidéo intime de mon compagnon et moi, prise ici même.

— D'accord, la caméra de votre bureau est en fonction ?

— Oui, mais je viens de l'apprendre, j'avais demandé à Angela de la faire désactiver il y a plusieurs mois de ça.

— Bien.

Elle me rend la tablette, puis note à nouveau dans son carnet.

— Avait-elle une clause de confidentialité liée à son contrat ?

— Oui, tous mes employés en ont une.

— Très bien.

Elle termine d'ajouter quelques mots sur sa feuille, puis pose son stylo et joint ses mains sur la table.

— Bon, la bonne nouvelle c'est que nous avons de quoi travailler. Le non-respect de la clause de confidentialité ne peut pas entraîner grand-chose en droit pénal, mais il existe un article qui encadre le secret de fabrique et je pense que nous pourrons tenter de l'utiliser en ce sens. Il y a aussi cet e-mail de chantage que vous venez de recevoir. Il n'est pour l'instant qu'à l'état de menace, fort heureusement, mais il peut lui coûter cher même si elle ne la met pas à exécution. Vous avez retracé l'adresse IP ?

— Non, je viens de le recevoir à l'instant.

— Alors il va falloir le faire, c'est impératif.

Trois coups sont portés sur la porte et celle-ci s'ouvre sur Christian, l'informaticien en chef. Je lui avais demandé de venir une fois maître Morgan présente et je vois que le message a été passé sans que je ne le demande, j'apprécie beaucoup. J'imagine que Christopher ou Lise ont fait passer le mot.

Je me lève et l'accueille avec le sourire tout en le présentant à l'avocate :

— Je vous présente Monsieur Wright, il est en chef du service d'informatique.

Les deux se saluent et Catherine lui dit en souriant :

— Vous tombez à pic, un mail a été envoyé à Mademoiselle Jones, nous aurions besoin de l'adresse IP afin de confronter l'auteur, s'il vous plaît.

— Je peux faire ça tout de suite.

— Merci, Monsieur.

L'informaticien se tourne légèrement vers moi :

— Vous permettez que j'utilise votre ordinateur ?

— Bien sûr.

Christian s'installe derrière mon bureau tandis que je me rassieds et me tourne vers Catherine :

— C'est quoi la prochaine étape ?

— Le plus important pour le moment, c'est de trouver des preuves qui l'incriminent directement.

Christopher intervient pour la première fois depuis le début de l'entretien :

— Il n'y en a pas assez ?

— Ce ne sont pas encore des preuves, pour le moment ce sont des suppositions. Tout porte à croire que c'est elle compte tenu des éléments à notre disposition, mais pour l'instant rien n'est encore recevable devant une cour de justice.

La panique commence à enserrer ma gorge, je sens une boule de plomb peser au fond de mon estomac et j'ai bien peur qu'elle finisse par remonter le long de ma gorge. La voix tremblante, je demande :

— Et pour la vidéo ? Je fais quoi ?

— Dès que l'adresse IP aura été retrouvée, nous préviendrons les forces de l'ordre et ils retrouveront la personne, puis ils l'empêcheront de divulguer quoi que ce soit.

Elle pose une main réconfortante sur mon avant-bras, cette femme est peut-être un requin, mais elle est dotée d'une humanité débordante !

— Je vais faire tout ce qui est en mon pouvoir pour éviter la diffusion de cette séquence. Je vous le promets.

Je souris, mais les larmes qui menacent de couler se font de plus en plus insistantes. Pourvu que l'adresse IP soit retrouvée et qu'on puisse empêcher Angela de dévoiler cet instant intime. Oh, mon dieu, comment va réagir Sam ?!

Je me retiens de toutes mes forces pour ne pas craquer et écoute avec attention ce que m'explique Catherine Morgan. Avec elle de mon côté je dois avouer que je n'ai pas peur de perdre, encore faut-il pouvoir présenter l'affaire au tribunal… Sans preuve, il nous sera impossible de mener Angela devant un juge et je perdrai bien plus que des croquis ou des plans de communication. Si cette vidéo sort, je perdrai ma dignité.

— Mademoiselle Jones, Madame Morgan…

— Que se passe-t-il, Monsieur Wright ?

— L'adresse IP vient d'ici, elle s'est encore connectée à votre serveur…

Le sol s'ouvre sous mes pieds, comment est-ce possible ?! Les agents de sécurité du bâtiment ont pour ordre de ne pas la laisser passer et de m'informer de sa présence sur le champ. Auraient-ils failli ? Aurait-elle réussi à passer malgré tout ?

Les questions m'assaillent, mais je reste figée sur place tandis que Christopher prend les choses en main et contacte le chef de la sécurité. On est vraiment mal barrés, là...

Chapitre 9

SAM THOMPSON

Mary entre à la maison comme une furie, seulement quelques minutes après mon retour. Quand je la vois contrariée de la sorte, je ne sais pas vraiment comment me comporter. Dois-je lui laisser de l'espace ? Dois-je aller la prendre dans mes bras pour la réconforter ?

Je n'ai heureusement pas à me poser la question plus longtemps, elle s'approche de moi et me prend la main, les yeux débordant d'émotion.

— Tu peux venir t'asseoir, s'il te plaît ? Il faut que je te parle.

Aïe, je déteste cette phrase qui accompagne son visage fermé. En général, ça n'annonce rien de bon. Je la suis jusqu'au canapé où nous nous asseyons de manière coordonnée. Elle prend mes mains et les larmes commencent à rouler le long de ses joues. Je ne peux pas la laisser pleurer comme ça !

Je l'attire contre moi, peu importe ce qu'elle s'apprête à me dire, et la serre dans mes bras. Sa voix est étouffée par l'émotion, et probablement par mon pull.

— Sam, laisse-moi te parler, sinon je ne trouverai pas la force de le faire.

Oh, elle commence sérieusement à m'inquiéter… Elle ne va quand même pas me demander de

prendre mes affaires et de me barrer, si ? Oh, par pitié, Mary ne me fait pas un coup comme ça...

— Il s'est passé quelque chose de grave aujourd'hui au bureau...

Je pousse un léger soupir de soulagement, l'idée qu'elle puisse songer seulement à me quitter est totalement ridicule, mais elle s'est quand même immiscée dans mon cœur une fraction de seconde.

— J'ai reçu un mail, Angela tente de me faire du chantage.

— Du chantage ? Et par rapport à quoi ?

— C'est là le problème...

Nerveusement, elle joue avec ses mains et fait tourner la bague de sa sœur, qu'elle porte au majeur.

— Mary tu commences à me faire peur, c'est quoi le problème ?

— Elle a une vidéo de nous deux.

Ses yeux verts sont rougis par les larmes qui y perlent et elle pince les lèvres. Je crois que je ne vais pas avoir envie de voir cette vidéo...

— Tu te souviens de la fois où on l'a fait dans mon bureau ?

— Très bien même... Mais tu n'avais pas fait désactiver la caméra depuis longtemps ?

— Si, mais je l'avais demandé à Angela.

— Oh merde.

— Comme tu dis.

— Et alors tu ne peux pas la faire arrêter pour ça ? C'est grave, non ?

— Je pourrais, si elle avait été moins maligne et que l'informaticien avait son adresse IP, mais elle a réussi on ne sait pas comment à pénétrer dans le building et s'est connecté à l'un des ordinateurs via mon profil.

— Mais vous n'aviez pas changé tous les mots de passe ?

— Si, bien sûr que si...

— Du coup, ça vous renvoie au point de départ...

Je prends la main de Mary dans la mienne et la caresse avec tendresse.

— Elle demande quoi en échange de la vidéo ?

— Trois millions d'euros.

J'écarquille de grands yeux, choqué par le montant que je viens d'entendre.

— Tu déconnes ?!

— Non, malheureusement. Et elle les veut pour vendredi sinon elle menace de diffuser la vidéo.

Je me relève du canapé, les mains sur le crâne, et commence à faire les cent pas dans le salon. Mary reste assise et me regarde avec les yeux remplis de larmes, elle semble avoir peur que ma colère lui soit destinée.

Je m'approche d'elle et l'incite à se relever, puis prends ses mains dans les miennes.

— Ce n'est pas ta faute, Mary.

— Si, je lui ai fait confiance et je n'aurais pas dû...

— Comment tu aurais pu deviner après toutes les tâches qu'elle a remplies pour toi à la perfection qu'elle allait se comporter de cette manière ?

— Je ne sais pas...

— Alors, tu vois ? Ce n'est pas ta faute. Elle a abusé de ta confiance dans le seul but de te faire du mal. En quoi en es-tu responsable ?

Mary se blottit contre moi et je sens son cœur battre à un rythme effréné. Je caresse son dos et tente de l'apaiser par mes caresses.

— J'ai été très dure avec elle avant que tu ne rentres dans ma vie, avec tout le monde d'ailleurs... J'ai égoïstement pensé qu'ils ne chercheraient pas à se venger puisque j'ai changé...

J'attrape sa tête entre mes mains et plonge mon regard dans le sien.

— Arrête de te blâmer, c'est arrivé et on va faire avec. Quelles sont les options ?

— Pour le moment... Soit on ne paye pas et la vidéo est diffusée. Soit on paye et on prie pour qu'elle n'en demande pas plus et qu'elle supprime réellement la vidéo.

Je mords l'intérieur de ma lèvre et fronce les sourcils, cette Angela tient réellement notre intimité entre ses mains et nous n'avons pas d'autre choix que celui d'être à sa merci. Ce qui me déplaît et me dérange au plus haut point.

— Tu as pu contacter ton avocate ?

— Oui, je l'ai rencontrée tout à l'heure.

— Elle en pense quoi ?

— Elle me conseille de prévenir mes proches au cas où et de payer, pour plusieurs raisons différentes.

— Lesquelles ?

— D'abord, parce que ça nous permettrait de gagner du temps afin de trouver des preuves qui l'incrimineront. Ensuite parce que si on paye, elle ira forcément récupérer l'argent à l'endroit qu'elle m'a indiqué et l'avocate peut faire poster une ou plusieurs brigades de police là-bas. Ça nous permettrait potentiellement de la prendre en flagrant délit...

— D'accord... mais trois millions, c'est une sacrée somme... Tu... les as ?

— Évidemment, le seul problème qui peut se poser c'est que c'est très compliqué, voire impossible, de retirer autant d'argent en liquide. Maître Morgan va donc me mettre en relation avec son neveu, qui est à la tête de ma banque pour qu'il puisse donner son accord.

Les informations arrivent dans ma tête au compte-gouttes et je les assimile assez difficilement, je profite du petit silence qui s'installe entre nous pour les connecter entre-elles.

— Pourquoi il faut prévenir nos proches ?

— Au cas où elle diffuserait la vidéo quand même.

— Si elle est arrêtée au moment où elle récupère l'argent, on n'a pas de soucis à se faire, si ?

— Malgré le deal, elle peut très bien vouloir me doubler quand même et programmer l'envoi

avant de partir, l'avocate a déjà vu ce genre de scénario et elle préfère prendre toutes les précautions possibles. Si nos familles ne sont pas au courant… imagine le choc. S'ils savent, ça limitera les dégâts et ça les empêchera de tomber sur la vidéo…

— OK, je comprends…

Je dépose un baiser sur le front de Mary, qui est brûlant, puis recule ma tête pour l'observer un peu mieux. Elle est extrêmement pâle et ses yeux sont entourés de cernes noirs, c'est la première fois que je la vois dans un tel état.

— Ça va, ma chérie ?

Elle fronce les sourcils et rabat une mèche de cheveux derrière son oreille.

— Oui… pourquoi ?

— Tu n'as pas trop l'air dans ton assiette, viens je vais te donner quelque chose à manger.

Je la maintiens contre moi et l'entraîne à ma suite vers la cuisine quand elle s'effondre de tout son poids. Je la rattrape évidemment avant de la déposer lentement sur le sol, recouvert d'un tapis épais.

— Mary ?! Mary !

Mon cœur s'emballe, j'ai du mal à respirer, mais heureusement, je réussis tout de même à penser correctement et sors mon téléphone de ma poche pour contacter les services d'urgence. La tête de Mary est posée sur mes jambes repliées et je la tiens d'une main ferme. Ma voix est tremblante, elle reflète parfaitement mon inquiétude.

— Allô ? Je vous appelle pour… ma petite amie, elle est… inconsciente.

— Est-ce qu'elle respire ?

— Oui !

— Est-elle tombée ? A-t-elle reçu un choc à la tête ?

— Non, rien de tout ça… elle est juste tombée dans les pommes. Qu'est-ce que je dois faire ?!

— Essayez de lui faire reprendre connaissance et positionnez-la sur le côté, desserrez ses vêtements pour l'aider à respirer correctement. Rassurez-la, c'est important qu'elle se sente en sécurité. Je vous envoie une ambulance, pouvez-vous me donner votre adresse, s'il vous plaît ?

Je note mentalement tous les conseils qu'elle me donne et lui donne notre adresse ainsi que le nom de Mary. À l'évocation de celui-ci, la jeune femme change d'intonation :

— Mary Jones ? LA Mary Jones ?

Ça veut dire quoi, ça ?! Qu'elle compte administrer un traitement différent à Mary parce qu'elle est riche et jouit d'une certaine célébrité ? Donc si c'était moi, anonyme et sans comptes bancaires débordants, on ne me traiterait pas de la même façon ?!

Ma façon de lui répondre démontre clairement mon agacement.

— Oui, oui, la Mary Jones, pourquoi ça change quoi ?!

— Je fais prévenir son médecin, il vous rejoindra afin de l'examiner lui-même.

Donc oui, il existe réellement un fossé entre les riches et les pauvres et en voici la preuve. Je serre les dents face à cette vérité et comprends un peu mieux pourquoi Mary a tenu à faire jouer ses relations dans le traitement de ma sœur... L'accès aux soins est restreint aux personnes qui en ont les moyens... Quelle tragédie !

Je raccroche le téléphone après avoir remercié mon interlocutrice, puis le pose par terre un peu violemment. J'encadre le visage de la femme que j'aime et caresse sa peau douce du bout des doigts.

— Mary, réveille-toi, ma chérie... Je suis là, tout va bien, il faut que tu te réveilles.

Je n'ai pas envie de lui faire reprendre connaissance trop violemment, je n'ai pas envie qu'elle prenne peur, mais il va vraiment falloir qu'elle le fasse très vite.

Je redresse sa tête afin qu'elle ne se trouve plus qu'à quelques centimètres de mon visage et dépose un baiser sur sa bouche charnue.

— Ma chérie...

Doucement, elle commence à froncer les sourcils, puis ses paupières s'agitent et finissent par s'ouvrir. Comme la princesse d'un conte et son prince charmant...

— Sam ?

Sa voix est enrouée, elle se racle la gorge tandis qu'une larme de soulagement roule sur ma joue. Je ne l'avais pas sentie venir celle-là...

— Tout va bien, ma chérie. Tu as perdu connaissance et les secours vont arriver, ne t'inquiète pas.

Son regard clair s'emplit de panique et elle tente de se relever, mais je l'en empêche en la retenant.

— Reste ici, ne bouge pas. On ne sait pas encore ce que tu as eu, reste allongée.

Elle cesse de remuer et s'allonge de nouveau sur moi, la tête reposant sur mes genoux. Sa respiration est rapide, elle a l'air vraiment paniquée et je tente par tous les moyens de l'apaiser. Je ne tiens pas à ce qu'elle perde connaissance à nouveau.

Qu'est-ce qu'elle a eu ? Qu'a-t-il pu lui arriver pour qu'elle tombe de cette manière ? Une hypoglycémie peut-être ? Le stress ? Ça ne m'étonnerait pas au vu de la situation...

En attendant que les ambulanciers arrivent et que son médecin habituel l'examine, je reste avec elle, à genoux sur le tapis jaune.

Chapitre 10

MARY JONES

Allongée sur le canapé, une perfusion plantée dans le bras, j'écoute le docteur m'expliquer que je suis victime de stress et de surmenage. Comme si c'était une grande surprise au vu des récents évènements. Depuis quelques jours, j'ai l'impression que mon cerveau va exploser, je ne touche même plus le pied par terre et forcément ce qui devait arriver, arriva...

Le liquide qui s'écoule dans le tuyau et s'infiltre dans ma veine est censé me donner un coup de boost, mais le médecin insiste sur le fait que je devrais prendre des vacances et du temps pour me détendre.

— Vous savez, Docteur, ce n'est vraiment pas possible en ce moment. Je peux promettre de faire attention, mais m'arrêter... Je ne peux pas.

— Il va bien falloir, Mademoiselle Jones, ou vous risquez bien plus qu'une simple perte de connaissance. Vous avez eu de la chance aujourd'hui, votre compagnon était là, mais si ça n'avait pas été le cas, Dieu seul sait où vous seriez tombée !

— Il a raison, Mary, tu aurais pu te faire très mal.

Je souffle et me redresse sur le canapé.

— Oui, j'en suis consciente ! Mais je ne peux pas prendre de vacances maintenant, j'ai déjà pris suffisamment de retard comme ça.

Sam se pince les lèvres et se tourne vers le médecin, comme s'il attendait qu'il intervienne. Mais le docteur Morris sait qu'il ne faut pas trop insister avec moi et obtempère.

— Promettez-moi quand même de prendre du temps pour vous, c'est important.

Il se penche vers la table basse, me remplit une ordonnance et se redresse en attrapant sa mallette.

— Je vous le promets. Je vais faire au mieux.

Il me salue en souriant, puis serre la main à Sam qui le raccompagne jusqu'à la porte.

Je remonte le plaid sur moi d'une main et couvre mes bras.

— Il va falloir que tu trouves une solution, Mary.

Sam est de retour au pied du canapé et me regarde d'un air grave. Il ne sourit pas et ses sourcils sont légèrement froncés.

— Par rapport à quoi ?

— Pour lever le pied. Je suis inquiet pour toi et rien au monde ne vaut ta santé, laisse l'avocate gérer l'histoire d'Angela et Christopher s'occuper de la collection.

— Impossible, j'ai déjà fait peser suffisamment de responsabilités sur ses pauvres épaules. Je ne peux pas le laisser tomber maintenant, l'enjeu est trop important.

— Je sais, je comprends, mais... trouve un moyen. Je ne te laisserai pas quitter l'appartement tant que je n'aurais pas la certitude que tu vas mieux.

Je souffle et me rassieds un peu trop brusquement, ma tête commence déjà à tourner. Non, mais c'est quoi ce délire ?! Je n'ai jamais vécu ça et pourtant j'en ai eu des imprévus dans ma carrière !

Je cligne plusieurs fois des yeux et m'accroche au dossier du canapé, même si je sais pertinemment que je ne vais pas en tomber.

— Tu vois, c'est de ça que je parle ! Si ça t'arrive en pleine réunion ou au milieu de ton bureau, comment tu feras ?

— Je sais pas, bébé, mais je ne peux vraiment pas lâcher mes équipes... pas quand il nous reste encore tout à faire.

— Je ne te dis pas de les lâcher, je te dis de trouver un moyen pour pouvoir continuer sans te mettre en danger. Pourquoi tu ne travaillerais pas depuis l'appartement ?

— Oui, mais...

L'idée n'est pas mauvaise, je dois être honnête envers Sam, mais aussi envers moi-même. Je ne me sens vraiment pas au mieux de ma forme. Je sens peser sur mes épaules une fatigue extrême depuis quelques jours et même si je n'en ai pas parlé, je pense que ce n'est pas un simple coup de mou. Toute l'histoire qui tourne autour d'Angela me travaille beaucoup et j'ai même du mal à

dormir la nuit, je comprends mieux pourquoi j'ai autant de vertiges...

— Je vais essayer de m'organiser pour travailler d'ici.

Sam s'approche et s'agenouille à côté de moi, puis pose sa main sur ma joue.

— C'est important que tu te ménages. Ne va pas me refaire une telle frayeur.

— Je suis désolée, tu as raison. Mais ne t'inquiète pas tout va bien et tout va s'arranger.

— Je t'aime, Mary, j'ai besoin que tout aille bien...

Voir l'homme que j'aime aussi triste et peu sûr de lui me fait si mal au cœur que je ne trouve même plus les mots pour le rassurer, comment pourrais-je le faire alors que moi-même je ne le suis pas ?

Je l'attire sur le canapé et l'invite à se blottir contre moi, tout en faisant bien attention de ne pas arracher la perfusion, qui doit m'être retirée d'ici une heure par une infirmière. Dans cette attente, je me love contre Sam et profite de la chaleur de son corps et des battements réguliers de son cœur.

Je ne sais pas encore de quoi sera fait demain, le fait de donner à Angela ce qu'elle réclame me dérange et la peur qu'elle diffuse quand même la vidéo fait accélérer mon rythme cardiaque. Décidément, le repos n'est pas gagné si je commence à repenser sans cesse à cette histoire. En même temps... comment pourrait-il en être autrement ?

Sam et moi ne tenons absolument pas à ce que nos ébats amoureux soient diffusés publiquement !

Il faut que nous contactions nos parents au plus vite, c'est impératif qu'ils soient mis au courant de cette affaire, au cas où...

— Il faut qu'on appelle nos parents.

— Maintenant ?

Sam se redresse légèrement et plonge son regard dans le mien.

— Oui, je pense qu'au plus vite c'est fait, au plus vite on aura la conscience tranquille. Elle a la vidéo elle peut en faire ce qu'elle veut et peut-être même la diffuser dès ce soir... On n'a aucune certitude concernant cela et ça me tétanise...

— D'accord, tu veux que je parle aux tiens ?

— Non, je vais le faire, merci.

Je dépose un rapide baiser sur sa bouche et le laisse se relever en direction de la cuisine tandis que je cherche mon téléphone dans les plis du canapé en velours. Ah, le voilà ! J'appuie sur le numéro de la maison parentale et m'évertue à garder une respiration calme et apaisée afin de ne pas replonger dans la panique totale.

— Allô ? Mary ?

— Coucou, papa, ça va ?

— Et toi, ma fille ?

— On fait aller... Je t'appelle pour te parler de quelque chose d'assez délicat en fait.

L'inquiétude s'empare immédiatement de la voix de mon père et je le sens se crisper à travers le téléphone.

— Qu'est-ce qu'il se passe ? La sœur de Sam va bien ?

— Oui, Ana va bien... C'est juste que...

Par où commencer ? La honte tiraille mon estomac et me provoque une nouvelle montée de stress. J'inspire profondément, puis souffle et annonce :

— Il y a une de mes anciennes assistantes qui fait des siennes et qui essaye de me causer du tort par différents moyens. Elle a en sa possession une vidéo de Sam et moi qui est très privée. Elle menace de la diffuser si je ne fais pas ce qu'elle exige.

J'ai débité tout ça à une telle vitesse que j'ai de retour le tournis.

— Oh... Pourquoi fait-elle cela ?

— Aucune idée, il semblerait qu'elle m'ait toujours voué une sorte d'admiration un peu particulière, on ne sait pas vraiment ce qui lui passe par la tête. Pour le moment, il n'y a aucune preuve qui l'incrimine, mais on a un plan pour tenter de la prendre en flagrant délit.

— Alors c'est une bonne chose !

Mon père a l'air plein d'espoir, comme toujours il est très positif et je sais déjà qu'il a la certitude que nous arrêterons Angela. Je n'en suis pas aussi convaincue pour le moment...

— Si je t'en parle, papa c'est pour vous prévenir, toi et maman. Si tu entends parler d'une vidéo qui me concerne… ne la regarde pas.

— C'est promis, Mary.

— Merci, papa.

— Tu as vraiment une petite voix, tu es sûre que ça va ?

Je ne peux décidément rien cacher à mon père, même à plusieurs centaines de kilomètres de moi et par téléphone interposé, il arrive à deviner que je ne vais pas bien.

— Ça va, papa, j'ai fait un petit malaise, mais rien de grave. Je suis juste très fatiguée et un peu surmenée, mais Sam m'a fait promettre de rester à la maison et de me reposer du mieux que je peux.

— C'est le gendre idéal ! Écoute, Mary, je sais que tout ça doit être très compliqué à gérer pour toi, je n'imagine qu'à peine la pagaille que cette assistante doit provoquer dans ton entreprise, mais n'oublie pas de penser à toi et occupe-toi d'aller mieux, c'est le plus important.

— Je sais…

Je frotte mes yeux de ma main libre, la fatigue me brûle les rétines et je crois que je commence à réaliser à quel point tous ces problèmes m'atteignent.

— La santé, ma fille, c'est la seule chose qu'on ne peut pas récupérer si on la perd. Ton entreprise, tu auras toujours la possibilité de la remettre à flot, tu es forte et déterminée. Alors s'il te plaît, occupe-toi de ce qui est vraiment important. Promis ?

— Promis, papa...

Une larme unique roule sur ma joue, un mélange de reconnaissance, de tristesse et de fatigue, le tout condensé dans une goutte au goût salé. Je l'essuie rapidement et souris, il ne manquerait plus qu'il m'entende pleurer !

— Je vais te laisser, papa, je suis fatiguée. On se rappelle bientôt !

— Bisous, ma chérie, je t'aime.

— Bisous à tous les deux, je vous aime.

Je raccroche et pose mon téléphone sur mes genoux tout en laissant aller mes larmes. J'ai la sensation de ne même pas savoir pourquoi je pleure tellement je suis épuisée. Les émotions contenues depuis plusieurs mois sont en train de refaire surface les unes après les autres... c'est terrifiant !

Je pose ma tête sur l'oreiller et laisse aller mes larmes, peut-être qu'une fois sorties elles me laisseront tranquille et que je pourrais enfin avancer sereinement ? En tout cas, je l'espère, car mes paupières me brûlent et mon corps semble comme engourdi.

Tout le monde a raison, je dois me reposer...

Chapitre 11

SAM THOMPSON

Debout au milieu de la cuisine, je me sers un verre d'eau tout en observant Mary ranger la table de la salle à manger qu'elle a investie de croquis et de dossiers. Ses cheveux sont ramenés en arrière et tiennent à l'aide d'un crayon qu'elle a planté droit dedans. Elle est concentrée et un petit sourire étire ses lèvres, elle a réussi à créer une collection complète en moins de temps qu'il ne faut pour le dire ce qui explique sa satisfaction. Si j'ai bien compris, elle est en train de valider l'étape suivante et il s'agit d'un réel exploit compte tenu du peu de temps dont elle a disposé. Ça n'enlève rien au stress provoqué par les actes d'Angela, mais ça aide au moins à les appréhender un peu plus sereinement.

C'est aujourd'hui qu'elle doit livrer les trois millions d'euros dans une poubelle du parc des Lumières, après avoir récupéré l'argent auprès de Monsieur Morgan. L'avocate a l'habitude de ce genre d'affaires, ce que je trouve surprenant, mais peu choquant étant donné sa renommée mondiale. Quand j'ai émis l'idée d'utiliser un subterfuge pour l'argent, elle m'a vite fait comprendre que c'était impossible. En effet, d'après son expérience et les conseils de la police, il est très risqué de se jouer d'un maître chanteur de la sorte. Alors... allons-y pour la valise pleine de millions.

C'est donc aujourd'hui qu'on risque d'être fixés. L'avocate ayant contacté son neveu très rapidement, ce dernier s'est organisé pour venir lui-même lui remettre l'argent. En même temps, je le vois mal confier trois millions d'euros en liquide à n'importe quel conseiller disponible. Le rendez-vous devait avoir lieu au siège de l'entreprise, mais Mary étant encore affaiblie, elle a accepté de les recevoir ici et je me suis libéré la journée pour l'épauler. J'aurais préféré qu'elle n'ait rien à faire aujourd'hui, tout ce stress... Ce n'est vraiment pas bon ! Normalement, tout devrait se dénouer dans la journée, mais si ce n'est pas le cas... Il lui faudra du soutien.

Je jette un coup d'œil rapide à ma montre quand la sonnette retentit. Il est pile onze heures, ils sont très ponctuels.

— J'y vais, ne bouge pas.

Mary dépose les classeurs sur le comptoir en passant et rejoint en quelques enjambées l'interphone, où elle donne l'autorisation au gardien de faire monter l'avocate et le directeur. Elle réajuste son pantalon de tailleur et se tourne vers moi :

— Ça va aller, hein ? Après ça, on sera tranquille ?

La panique s'entend dans sa voix et je comprends qu'elle est bien plus angoissée qu'elle ne le laisse paraître. Je contourne l'îlot central et m'approche d'elle.

— Oui, tout ira bien. Et même s'il y a un problème, on trouvera un moyen d'y remédier.

— J'espère, je ne tiens pas à continuer de vivre dans cet état de nerfs permanent.

Je l'attire contre moi et la serre dans mes bras afin de la réconforter comme je peux. Je sais combien c'est dur pour elle de devoir affronter autant d'épreuves en même temps, je ne peux que le comprendre. Pour être honnête, ce n'est pas facile pour moi non plus.

La simple idée de penser qu'une vidéo aussi intime de nous deux ait été visionnée par Angela et qu'elle puisse être dévoilée au public me donne le tournis et la nausée. Comment une femme peut-elle faire ça à une autre femme ? N'a-t-elle pas de sentiments ? Je sais que l'humanité est folle, je sais que le mal est partout, mais j'étais loin de me douter qu'on le trouverait aussi proche de nous... Mary lui a accordé sa confiance et la voilà trahie de la pire des manières. Je trouve ça honteux.

Je suis un éternel optimiste, j'ai tendance à me concentrer sur les bons côtés des gens et à occulter leur méchanceté. Je suis probablement trop naïf...

La sonnette de la porte résonne dans l'appartement et je lâche Mary qui ouvre.

— Bonjour, entrez et soyez les bienvenus.

Elle se décale pour les laisser rentrer et je découvre pour la première fois les Morgan. L'avocate, Catherine si je me souviens bien, est une femme d'un certain âge, très gracieuse et aux longs cheveux bouclés. Le directeur de la banque, dont j'ignore encore le prénom, est grand, brun et ses yeux noirs sont perçants. Au premier regard, je dirai que cet homme sait ce qu'il fait et comment il le fait. Il dégage une assurance impressionnante qui ne se mêle pourtant absolument pas à de l'arrogance.

Mary se présente à lui, puis elle pivote vers moi :

— Je vous présente mon compagnon, Sam Thompson.

Monsieur Morgan me tend une main amicale que je serre avec sincérité, son sourire me plaît, il n'a rien à voir avec celui qu'arborent souvent les banquiers.

— Enchanté, je suis Jensen Morgan.

— Ravi de vous rencontrer.

L'avocate s'avance à son tour et m'offre une poignée de main chaleureuse également.

Mary a l'air stressée, elle regarde d'un drôle d'air l'immense valise noire que tient Jensen et se dandine d'une jambe à l'autre. Pour tenter de briser la glace et de rendre ce moment un peu moins effrayant, je propose :

— Je peux vous offrir à boire ? Un café ? Un thé ?

Catherine accepte le thé et Jensen le café, je m'efface donc côté cuisine pour leur préparer leurs boissons tandis que Mary les invite à s'installer autour de la grande table.

— Je suis désolée de devoir vous recevoir chez moi, mais il m'est arrivé un petit souci de santé en début de semaine qui m'a contrainte à lever un peu le pied.

Catherine a tout d'une maman poule, elle est le genre de personne à prendre en compte les sentiments des autres et je le remarque à la seconde où elle ouvre la bouche.

— Vous rigolez, ma chère ! Mon neveu et moi sommes ravis d'être ici, vous avez un appartement absolument charmant ! Et puis, ce sera bien plus intime et discret que sur votre lieu de travail.

Mary émet un petit rire et je les rejoins en leur déposant leurs tasses sous le nez. Tous deux me remercient, puis Jensen prend la parole :

— Bon, ma tante m'a expliqué votre histoire dans les grandes lignes. Sachez que normalement, nous ne délivrons pas une telle quantité d'argent en liquide, surtout pas de cette manière. Mais je comprends l'urgence de la situation et j'ai donc fait une exception à la règle.

Il ouvre la valise posée en face de lui et la tourne vers nous. Putain ! Je n'ai jamais vu autant d'argent en liquide de toute ma vie ! C'est incroyable, les gros billets de cinq cents euros sont tous attachés entre eux et les liasses se superposent habilement.

— Il y a tout ?

— Oui, j'ai procédé moi-même au compte.

Sacré bonhomme ! Compter trois millions en billets de cinq cents... il a dû y passer la journée !

Je me racle la gorge et demande :

— Vous avez dû y passer un temps fou, non ?

Le directeur se met à rire, puis il m'explique :

— Non, j'ai une machine qui compte à ma place. En réalité, je n'ai fait que placer les liasses et surveiller qu'il n'y est aucun problème. Pour être honnête, j'ai recommencé quelques fois.

Catherine tend la main et la pose sur celle de Mary, qui semble paniquée.

— Ne vous inquiétez pas, Mary, tout se passera bien, vous avez ma parole.

— Merci. Je... je suis vraiment reconnaissante pour ce que vous faites, je comprends bien que vous n'étiez pas obligé, Monsieur Morgan.

— Il n'y a pas de quoi, vous compter parmi nos clients est un honneur. Il est normal de vous donner ce coup de pouce aujourd'hui.

— Alors... hum, comment on va procéder ?

Catherine prend une gorgée de thé et explique :

— Comme je vous l'ai dit, vous serez seule à entrer dans le parc, mais des agents seront dissimulés autour du point qui vous a été indiqué. À chaque entrée, il y aura aussi deux agents de police en civil et nous ne serons pas loin non plus.

— Vous allez venir ?

L'avocate hausse les épaules, comme si la réponse était évidente.

— Bien sûr ! Je n'abandonne pas mes clients comme ça !

Jensen rigole et rajoute à notre attention :

— Elle a tendance à être plus que présente, vous ne vous débarrasserez pas d'elle si facilement.

Sa remarque détend l'atmosphère et je sens déjà Mary relâcher la pression contenue dans ses épaules. Même si l'idée de la laisser entrer seule dans ce fichu parc me noue l'intestin, la présence de policiers à proximité me rassure un peu. Seulement un peu. Et si Angela était plus folle qu'elle en a l'air ? Et si elle venait armée pour faire du mal à Mary ? Et si elle se foutait d'être dans un lieu public et l'attaquait ? Et si la police n'avait pas le temps d'intervenir ?

Mon cœur s'accélère à cette idée et je ne peux m'empêcher d'énoncer ma crainte à voix haute, même si je sais pertinemment que je ne devrais pas.

— On peut avoir la certitude qu'ils seront prêts à intervenir, peu importe la situation ?

Catherine s'apprête à me répondre, mais son neveu pose une main sur la sienne et la coupe :

— Que direz-vous de sortir sur le balcon avec moi ? Juste une minute ?

Pourquoi me propose-t-il ça ? Je jette un œil à Mary qui semble ne rien comprendre non plus à ce qui se passe et il rajoute :

— Ainsi nous laisserons votre femme et ma tante parler des détails de l'affaire en privé.

Je hoche la tête, me lève en même temps que lui, puis je dépose un baiser sur le haut du crâne de Mary et me dirige vers la baie vitrée. Je

referme derrière nous et Jensen se place face à moi, les mains dans les poches de son costume.

— Je ne veux pas vous paraître inconvenant ou impoli, mais je pense qu'il est mieux pour Mary qu'elle n'entende pas cette conversation.

— Pourquoi ?

— Vous êtes inquiet, Sam et je le comprends tout à fait. Mais je crois qu'il est important que Mary soit confiante. Elle doit se rendre à ce rendez-vous en pleine possession de ses moyens.

— Oui, je suis d'accord avec vous. J'essaye de lui cacher mes peurs, mais je dois vous dire que l'imaginer se jeter dans la gueule du loup sans moi ne me plaît absolument pas.

Je m'avance et m'accoude au garde-corps qui nous sépare du vide, Jensen en fait de même.

— Et je vous comprends. Je suis moi-même marié et nous avons, ma femme et moi, traversé des épreuves assez difficiles...

— Je suis vraiment désolé pour vous.

Jensen lève une main en l'air en souriant :

— Oh, rassurez-vous, tout va bien maintenant. Nous sommes mariés et jeunes parents d'une magnifique petite fille.

Il marque une courte pause et je remarque que son regard s'est illuminé quand il les a mentionnées.

— Là où je veux en venir, c'est qu'il faut rassurer votre femme, mais écouter votre instinct.

— Comment ça ?

— Qu’avez-vous envie de faire par rapport à ce rendez-vous ?

— Venir avec elle, prendre sa place même !

— Prendre sa place, la personne qui la fait chanter ne l’acceptera pas, mais rien ne vous empêche de vous poster dans le parc vous aussi.

J’écarquille les yeux, je ne suis pas certain de réellement comprendre ce qu’il me conseille de faire.

— Vous pensez que ce serait judicieux ? Je ne risque pas de tout compromettre ? Votre tante a tout mis au point, je doute qu’elle soit d’accord avec cette idée...

— Qu’est-ce qui compte le plus à vos yeux, Sam ?

Je n’ai pas besoin de réfléchir longtemps pour que la réponse sorte de ma bouche :

— Mary, évidemment.

— Alors, faites ce que vous dicte votre instinct. Si vous sentez que votre place est avec elle dans ce parc, faites en sorte d’y être.

— Vous avez raison. Je ne peux pas me résoudre à la laisser y aller seule. Elle a déjà subi assez d’épreuves et je crois qu’elle n’aura pas la force d’affronter celle-ci. Pas sans moi.

— Ne dites pas à ma tante que je vous ai conseillé ça, ne lui dites rien d’ailleurs. Ni à elle ni à Mary. Si la personne qui la fait chanter vous a déjà vu, dissimulez-vous sous un bonnet, une écharpe, essayez de vous cacher. Mais allez-y.

Cet homme est bien mystérieux, il ne se contente pas d'amener une valise remplie de millions — ce qui en soi est déjà très particulier —, mais il m'offre aussi une solution à laquelle je n'aurais jamais osé penser et qui pourtant coule de source. Je ne sais pas comment expliquer ce que je ressens à son contact. Je ne le connais pas et pourtant la gentillesse que je lis sur son visage ainsi que la sincérité dans son sourire me poussent à croire que c'est un homme bon. En tout cas, il l'est avec moi.

— Je peux vous demander pourquoi vous faites ça ?

— Parce que si c'était ma Jenna à la place de Mary, je n'hésiterais pas une seule seconde. Je mettrai tout en œuvre pour la protéger. Il ne faut jamais hésiter pour la femme que l'on aime.

Je laisse aller mon regard sur les buildings de la ville et acquiesce en silence.

Il ne me reste plus qu'à trouver une idée pour quitter la maison et rejoindre le parc sans que Mary ne se doute de rien. Pour qu'Angela ne me reconnaisse pas, il va me falloir également redoubler d'inventivité. Difficile, mais pas impossible.

Chapitre 12

MARY JONES

L'air frais me fouette le visage, pourtant j'ai l'impression d'étouffer tellement l'angoisse me chauffe les joues. Je transpire comme une dingue et le poids que pèse la valise qui contient les millions ne fait qu'accentuer cet état second dans lequel je me trouve. J'avance lentement devant l'entrée principale du parc et me concentre sur ma respiration.

Les passants ne me portent aucune attention, mais j'ai pourtant l'impression que tous me regardent... J'ai chaud, je suis en sueur et je sens déjà mes jambes flageoler, heureusement que j'ai mis des baskets sinon je me serais sûrement effondrée. Il faut que je me reprenne, je ne dois pas m'évanouir, pas maintenant ! Si seulement Sam était là...

Il avait pris sa journée, mais son patron a eu un problème et il a dû partir précipitamment, ce qui n'a pas manqué de faire accentuer mon angoisse. J'aurais été bien plus sereine si je l'avais su dans une voiture avec Catherine, plus encore s'il avait été présent dans ce stupide parc avec moi. Son absence pèse lourd sur mon cœur.

Je repère assez vite le premier banc qui, par chance, est libre et m'y dirige le plus rapidement possible compte tenu du poids que je trimbale. Dois-je vraiment poser la valise là et m'en aller ?

Enfin... il y a quand même trois millions là-dedans et n'importe qui pourrait venir la récupérer. Sans parler du fait qu'on pourrait facilement m'accuser de terrorisme. Qui laisse une valise noire derrière un banc, sérieusement ?

C'est vraiment tordu, à quel moment ma vie s'est mise à basculer pour tomber dans une dimension alternative digne des plus grands films d'action ? C'est quoi la suite de l'histoire ? Je me fais kidnapper, ou pire Sam se fait kidnapper et je me retrouve à suivre le jeu de piste ignoble d'une femme en manque de reconnaissance ?!

Je resserre ma prise sur la valise que j'ai posée sur le banc, je ne suis plus sûre de pouvoir y arriver en fin de compte...

Si je commence à entrer dans le jeu d'Angela, rien ne me garantit qu'elle s'en tiendra à trois millions et qu'elle me laissera tranquille ensuite... Je n'ai même pas la certitude que la vidéo ne soit pas diffusée. Je crois que je suis en train de faire une grosse erreur.

Qu'est-ce que je risque si ces images fuitent réellement ? C'est mon copain, nous vivons ensemble et nous sommes dingues l'un de l'autre, ce n'est pas comme si j'étais encore du genre à changer de mec comme de culotte. Tout le monde sait que je suis avec Sam. à part mettre un gros coup à ma dignité ainsi qu'à celle de mon homme, je ne vois pas ce que ça peut réellement faire comme problème. Non, je déraille complètement, je ne souhaite absolument pas que cette vidéo devienne publique. Sam et moi avons quelque chose d'unique, je ne suis pas d'accord de le partager avec qui que ce soit.

Tandis que je laisse mon esprit vagabonder et me torturer, je reste debout contre la valise et mes yeux vont et viennent sur les passants. Personne ne se doute du jeu malsain qui vient de s'engager dans ce parc habituellement si charmant. Les policiers sont réellement très discrets, je ne suis pas capable de les repérer et je me demande même s'ils sont réellement là... Si, ils le sont, le chef de la police me l'a assuré il y a quelques minutes...

J'inspire un grand coup et pose la valise derrière le banc en priant de toutes mes forces pour que tout s'arrête très vite.

Je m'éloigne lentement, un pas après l'autre, sans lâcher l'endroit des yeux. Puis, je ne sais pas pour quelle raison, je me retourne et me mets à courir à l'extérieur du parc, prise d'une panique incompréhensible qui guide mes pas.

Essoufflée, je rejoins la voiture noire dans laquelle m'attendent Catherine, Georges ainsi qu'un agent de police et je m'installe en tremblant. L'avocate, qui commence de plus en plus à adopter un comportement familier à mon égard, attrape ma main.

— Tout va bien, vous avez réussi, Mary. Cette partie est terminée.

Je suis encore à bout de souffle et peine à reprendre possession de mes moyens. Néanmoins,

je tente un sourire et Catherine passe une mèche de cheveux derrière mon oreille.

— Calmez-vous, tout sera bientôt terminé.

Sa douceur me saisit, elle est vraiment gentille et je lui suis très reconnaissante d'être ici pour moi. Le talkie-walkie du policier émet un drôle de son, puis une voix étouffée en sort.

— *Un suspect se rapproche de la valise. Il s'y dirige d'un pas décidé. Intervention dans dix secondes.*

Le policier répond rapidement, puis se tourne vers moi :

— Vous êtes prête ?

— Prête à quoi ?

— À confronter celui qui en a après vous.

Je reste sous le choc, ce n'est pas ce qui était prévu ! La main de Catherine dans la mienne me donne pourtant l'impulsion nécessaire à mon hochement de tête et nous sortons tous de la voiture.

Les choses semblent se passer autour de moi sans que j'en sois réellement consciente. Le flic nous ouvre la marche, Catherine me tient le bras et Georges marche derrière nous. Les sons sont comme étouffés et j'ai l'impression de vivre la scène de loin, comme dans un rêve étrange où l'on ne contrôle absolument rien.

Quand j'entre dans le parc pour la seconde fois, je découvre un spectacle nettement différent. Trois policiers en civil encadrent une personne allongée sur le sol et je ne distingue rien de ses traits à cause de l'immense capuche noire sur sa tête.

Mais ce n'est pas tout. Sam est là, debout au milieu des agents de police, il porte un bonnet noir et un ensemble de jogging que je ne reconnais pas. Je ne comprends plus rien… Il ne devait pas travailler ?

Je m'avance et l'un des policiers relève le suspect, qui est déjà menotté, mais mes yeux restent fixés sur Sam. Toute mon attention est sur lui.

— Qu'est-ce que tu fais là, Sam ?

— Je suis désolé de t'avoir menti, bébé. Je n'ai pas pu me résoudre à te laisser seule.

— Mais… tu étais où ? Tu ne travailles pas ?

— Derrière les arbustes…

Il me prend dans ses bras et je sens son cœur battre à un rythme effréné. Ma vie est devenue un film ! Si je m'attendais à un tel retournement… Et quelque chose me dit que je ne suis pas au bout de mes peines.

— Je ne pouvais pas te laisser, ma chérie… vraiment pas.

— Mademoiselle, vous reconnaissez cet individu ?

Je me détache de l'étreinte de Sam et porte mon attention sur l'homme à la capuche. Il est fin, blond et assez pâle, il porte une paire de lunettes aux montures épaisses et noires. Je ne le reconnais pas, non. Qui est-il ?

— Non, je ne l'ai jamais vu de ma vie.

Maintenu par un agent de police, l'homme aux lunettes se débat et réussit à se détacher de lui suffisamment pour arriver à moins d'un mètre de

moi. Je pousse un petit cri de frayeur tandis que Sam, qui le surplombe de toute sa hauteur, tend le bras et le repousse violemment en arrière.

Le blond se débat comme un forcené de retour maintenu par les officiers de police et se met à hurler sur moi :

— Évidemment, Mademoiselle Jones ne reconnaît même pas ses propres employés ! Les employés qu'elle fout à la porte quand l'envie lui prend ! Ça vous fait marrer, j'suis sûr de foutre de braves gens dans la merde !

Je reste sans voix et sous le choc. Alors c'est de ça qu'il est question ? Mais… Et Angela alors ? Me serais-je trompée sur toute la ligne ?

— Vous en avez rien à foutre tant que vous avez votre fric qui vous tombe droit dans la bouche ! Vous savez c'que vous êtes ? Une salope et une meurtrière !

Les larmes montent dans mes yeux et je ne les retiens pas. Pas plus que Sam qui bondit sur le type et lui administre un violent coup de poing en pleine mâchoire. Un agent de police s'interpose et saisit les bras de Sam pour l'inciter à se calmer.

La bouche en sang, le blond continue de hurler et je ne comprends toujours pas pourquoi les flics ne l'embarquent pas. Il attire l'attention de tous les passants !

— C'est fou c'qu'on peut trouver sur vous quand on s'y connaît un peu en informatique ! Ça vous fait quoi d'avoir buté votre sœur, hein ?!

Le sol se dérobe sous mes pieds, l'air se fait rare dans mes poumons et les larmes s'écoulent le long de mes joues sans que je ne puisse les retenir. Mon cœur s'accélère, mais le temps s'arrête autour de moi. J'ai l'impression de ne plus rien contrôler, les évènements qui régissent ma vie n'ont plus aucun sens logique et je ne suis que la spectatrice impuissante de ce chaos.

Enfin, les policiers réagissent et l'embarquent, tandis que Sam s'apprête de nouveau à lui sauter dessus. L'agent de police qui le retient tente de le ramener à la raison.

— Calmez-vous, Monsieur Thompson ! Nous allons nous charger de lui !

Les dents serrées, Sam hoche la tête et retrouve sa liberté avant de venir me prendre dans ses bras. Je ne me rends compte qu'au moment où Catherine retire sa main de la mienne, qu'elle la tenait toujours.

— Ça va aller, ma chérie. Tu n'es responsable de rien, ce n'est pas ta faute et tu le sais...

Avec tendresse, Sam caresse mon dos et tente de me calmer. Le policier s'avance et nous explique :

— Nous allons l'interroger, je vous tiens informés par l'intermédiaire de Maître Morgan de l'avancée de l'affaire. Vous souhaitez déposer plainte ?

Avant même que je ne puisse sortir le moindre mot, Sam s'exclame :

— Bien sûr ! On ne va pas lui laisser l'opportunité de recommencer en plus de ça !

— Je me doute… Pour ce faire, il faudra passer au commissariat, mais prenez le temps de vous remettre de vos émotions. J'imagine à peine combien ce doit être difficile pour vous…

Je hoche la tête, puis me racle la gorge et demande :

— Que va-t-il se passer pour lui ?

— Eh bien, au vu de votre statut et de ses actes, il se pourrait bien qu'il dorme au chaud pour les années à venir.

Je soupire de soulagement, mais la culpabilité montre bien trop vite le bout de son nez. Je ne peux pas faire ça à cet homme, il m'accuse déjà d'avoir gâché sa vie en le privant de son emploi, qu'en sera-t-il si je l'envoie moisir en prison ?

— Est-ce nécessaire ?

Sam baisse la tête vers moi :

— Qu'est-ce que tu veux dire par là ? Il a tenté de t'escroquer de trois millions, c'est plus que nécessaire !

— Oui, mais… il a déjà perdu son travail, c'est une assez grande punition, non ?

— Mary, je t'aime et j'adore la nouvelle toi, mais là tu dois te reprendre et réagir. Ce qu'il vient de faire et de dire… c'est inadmissible ! Tu ne peux pas laisser passer cela.

Je cligne des yeux pour chasser les larmes qui reviennent et hoche la tête, Sam a raison et je le sais… Seulement, je ne peux empêcher la culpabilité de m'envahir et une partie de moi me pousse à croire que c'est entièrement ma faute. Si je n'avais pas fermé ces branches de l'entreprise, ça ne serait pas arrivé. J'ai été égoïste... Cet homme ne s'en serait pas pris à moi si je ne l'avais pas privé de son poste. Je pensais pourtant que la lettre de recommandation ainsi que l'indemnisation avaient été à la hauteur... Il faut croire que non.

Sam m'aide à mettre un pied devant l'autre sans m'effondrer et nous rejoignons la voiture où nous montons accompagnés par Catherine et Georges. La ville défile derrière la vitre et pour la première fois de ma vie j'en viens à regretter mon statut de femme d'affaires.

Pour la première fois de ma vie, je sens le poids immense de mes responsabilités peser sur mes épaules.

Je suis éreintée...

Chapitre 13

SAM THOMPSON

Face à Mary, je me sens complètement impuissant. La catatonie dans laquelle elle est plongée commence réellement à m'inquiéter et la voir ainsi me fait vraiment mal au cœur. Depuis que nous sommes rentrés du parc, elle s'est installée sur le fauteuil de la chambre, enroulée dans un plaid, et n'a pas décroché son regard des buildings de la ville que l'on aperçoit à travers l'immense baie vitrée. Elle n'a pas bougé d'un cil, pas prononcé un seul mot et n'a rien mangé depuis ce matin. La culpabilité émane d'elle avec tellement de force que je la ressens m'envahir de là où je me trouve.

Sur le pas de la porte, je l'observe quelques minutes avant de prendre mon courage en main et de m'avancer vers elle. Je reste volontairement dans son dos, entre le lit et la commode, pour la pousser à pivoter et à me regarder. Il faut qu'elle sorte de cet état second dans lequel elle est plongée.

— Je t'ai fait un café, tu descends ?

Sans se retourner, elle refuse d'une petite voix. Mince, ça s'annonce plus difficile que prévu cette affaire !

— Mary ?

— Hum...

— Mary, regarde-moi, s'il te plaît.

Lentement, elle tourne la tête, ses yeux sont rougis et gonflés d'avoir trop pleuré et son sourire inexistant. Le mascara n'est plus savamment déposé sur ses cils, mais grossièrement étalé sur ses joues et autour de ses yeux. Un petit panda au regard triste.

Je crois qu'il est temps pour moi de trouver les bons mots, ceux qui l'aideront à reprendre pied.

— Ma chérie, arrête de te torturer s'il te plaît. Tu es en train de te faire du mal pour rien…

— Pour rien ? Tu en es certain ?

— Oui, tu n'as rien fait de mal et il faut que tu le comprennes. Tu ne mérites pas ce que tu t'infliges.

— Je n'en suis pas si sûre…

Elle baisse la tête sur ses mains jointes et je m'agenouille à côté d'elle, avant de lui faire relever le menton d'un geste doux.

— Arrête, je t'en prie. Cet homme n'avait pas toute sa tête, il aurait fini par faire une bêtise, peu importe les circonstances. Tu n'es responsable de rien.

— Comment peux-tu le savoir ?

— Parce que ton avocate vient d'appeler sur ton portable. Je me suis permis de répondre.

Elle hausse les épaules, comme si tout ça n'avait aucune importance pour elle alors que je sais bien que ce n'est pas vrai. Qu'est-ce qu'elle peut être têtue quand elle s'y met !

Elle essuie sa joue, inondée de larmes et murmure :

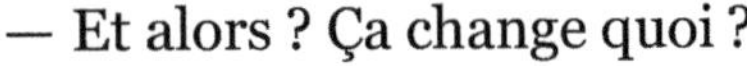

— Et alors ? Ça change quoi ?

— Paul Hammond n'en était pas à son coup d'essai. Il a un casier judiciaire long comme le bras.

À ces mots, elle écarquille les yeux et me regarde avec un peu plus d'intensité. J'ai réussi à l'atteindre, à interpeler son attention ainsi que sa curiosité.

— Comment ça ? Qu'est-ce qu'il a fait ?

— Escroquerie, chantage, piratage de données… il a déjà sévi à de nombreuses reprises. Il a été condamné il y a cinq ans à deux ans de prison ferme. Depuis qu'il est sorti, il n'a pas fait de vagues… jusqu'à maintenant.

— Mais… pourquoi Jones Entreprises alors ? Et c'était vraiment un employé ? Comment on a pu embaucher un mec avec un casier ?!

— Oui, il était au service informatique de *Jones Technologies*. Il n'avait pas de casier, avec ses compétences, il a pu l'effacer sans problème pour se faire embaucher.

— Mais, c'est une histoire de dingue…

Elle se relève enfin, fébrile, mais debout et s'approche de la porte de la salle de bain. Dans l'encadrement, elle se retourne vers moi et me demande, l'air contrarié au possible :

— Et Angela ? Il en a parlé ?

— Oui… ils sortent ensemble.

— Pardon ?!

Les yeux semblent lui sortir de la tête tellement elle est abasourdie par ce que je lui raconte.

Quelque chose me dit que la suite de l'histoire risque de ne pas beaucoup lui plaire... Il vaut mieux que je la ménage un peu.

— Viens, assieds-toi avec moi.

Je m'installe sur le rebord du lit et lui tends la main pour qu'elle s'approche. Elle plisse les yeux, puis obtempère et s'assied à ma gauche. Sa main dans la mienne, je caresse sa peau du bout des doigts et cherche en moi le moyen de lui annoncer les nouvelles sans provoquer une nouvelle crise d'angoisse chez elle. Elle est encore faible, je ne tiens pas à ce qu'elle perdre connaissance de nouveau ou qui lui arrive quelque chose de pire.

— Il a tout avoué, Angela et lui ont travaillé ensemble pour voler les croquis et les différents documents concernant la collection. D'après lui, elle a pour projet de monter sa propre entreprise de mode et comptait sur l'argent pour se lancer...

Mary souffle et serre les dents, c'est la première fois que je la vois aussi énervée.

— Elle n'a pas le droit ! Ce sont les croquis de *Jones Entreprises* !

— Je sais et ne t'inquiète pas, la police a déjà commencé à faire circuler son nom ainsi que sa photo, elle ne pourra pas faire grand-chose de ce qu'elle a.

— Pourquoi ils ne sont pas allés l'arrêter ?

La question à laquelle je m'attendais, mais dont je ne sais toujours pas comment formuler la réponse. Peu importent les formes, le contenu reste inquiétant. Pourvu que ça ne lui provoque pas de nouvelle crise d'angoisse…

Je caresse sa peau de plus belle et plonge mes yeux dans les siens. Sa tristesse me transperce, la détresse dans son regard vert me frappe de plein fouet comme une Ferrari lancée à pleine vitesse et qui s'écrase sur la rambarde de sécurité. Je dois faire ça vite, comme si j'arrachais un pansement. Les mots sortent de ma bouche de façon mécanique, comme si je ne les contrôlais pas.

— Elle a disparu.

— Quoi ? Ce n'est pas vrai, ce n'est pas possible !

L'expression de son visage change encore pour se muer en un mélange de peur et de colère. Je déteste la voir ainsi. Je lève la main pour caresser sa joue et apaiser son cœur.

— Ne t'inquiète pas, les flics sont sur le coup et ils vont vite la retrouver.

— Et… et la vidéo ? J'imagine qu'elle n'a pas été supprimée ?

— Je ne sais pas, Catherine fait tout pour la récupérer, mais il y a des règles dans ce genre de procédure qu'elle doit elle aussi respecter.

— D'accord…

De nouvelles larmes viennent s'échouer sur ses joues et je les essuie, déterminé à lui faire reprendre le contrôle d'elle-même.

— Mary, il faut que tu te calmes. C'est dur, je sais, mais tout finira par s'arranger, d'accord ? Tant qu'on est ensemble, tout va bien.

— Et si la vidéo est diffusée ?

— Eh bien…

Comment lui dire que je serais extrêmement gêné pour elle, pour moi ? Comment lui dire que la peur de me voir affiché au grand jour en plein acte sexuel me noue l'estomac ? Comment lui dire que la simple idée que des hommes puissent poser le regard sur la femme que j'aime me donne des pulsions colériques que je ne me connaissais pas ?

Je ne peux pas lui dire. Je dois la rassurer, je dois lui promettre que quoi qu'il arrive… je serai là. Je dois impérativement être fort pour nous deux, car elle n'arrive pas à l'être pour l'instant. Je dois lui donner l'espoir qui lui manque.

— Si la vidéo sort, on fera face à ce qu'elle déclenchera. Ensemble. Mais pour le moment, on n'a pas besoin de s'en inquiéter puisque ce n'est pas le cas. Il ne faut pas que tu anticipes ce qui pourrait arriver, concentrons-nous d'abord sur ce qui est. Compris ?

— Oui. J'ai si peur, Sam…

Je la serre contre moi, caresse son petit corps que j'aime tant et inspire sa douce odeur fleurie. Même si, moi aussi j'ai peur, quelque chose au fond de moi ne cesse de me dire que tout se passera bien. Je ne sais pas de quoi il s'agit, je ne sais même pas s'il est question une nouvelle fois de mon éternel optimisme, mais j'ai envie d'y croire.

Et il ne me manque plus qu'à redonner la niaque à Mary.

— Bon, tu sais ce qu'on va faire ?

— Non, quoi ?

— Tu vas aller prendre une douche, tu pourras pleurer autant que tu veux quand tu seras dedans, mais une fois que tu sortiras de cette salle de bain, je veux te voir en forme et prête à te battre. Ça te va ?

— À une seule condition.

— Laquelle ?

Un sourire coquin se dessine sur ses lèvres charnues, un éclair de désir passe dans son regard et sa main posée sur ma cuisse remonte lentement vers la bosse de mon jean. Je crois que je viens de réussir à lui donner envie. Même si ce n'était pas cette envie que je cherchais à provoquer.

— Tu viens prendre cette douche avec moi.

Chapitre 14

MARY JONES

L'eau de la douche s'écoule et la buée commence à envahir la salle de bain. La chaleur est montée d'un cran depuis que nous avons rejoint la pièce et elle ne cesse de grimper en flèche à mesure que Sam et moi retirons nos vêtements. Lentement et sensuellement, mon homme s'occupe d'abord de déboutonner ma chemise, tandis que je retire son pull. Il fait glisser mon pantalon le long de mes jambes fuselées et je déboutonne son jean que je descends sur ses chevilles. Je lève mes pieds l'un après l'autre pour me libérer complètement de ma tenue et Sam en fait de même.

Face à face, nous caressons nos peaux du bout des doigts. Les siens passent sur ma clavicule, descendent sur le galbe de mes seins, sur mon ventre et s'aventurent le long de la couture de mon string. Les miens démarrent leur course le long de sa mâchoire, sur sa belle barbe brune, descendent le long de sa gorge, sur ses pectoraux musclés et terminent leur course à la couture de son boxer.

Nos souffles se font courts, nos cœurs battent si fort que je jurerai pouvoir les entendre par-dessus le bruit de l'eau qui coule depuis le pommeau de douche. Les doigts de Sam tirent gentiment sur la dentelle de mon string et il se mord la lèvre lorsqu'il s'agenouille pour me le retirer. Il lève ma

jambe gauche, puis la droite afin de me libérer du sous-vêtement et dépose ensuite une lignée de baisers humides sur mon ventre, ma hanche… le haut de ma cuisse. Je relève la tête tant la douce torture est exquise et Sam remonte en prenant bien soin de faire glisser ses doigts aux endroits précis où il vient de poser sa bouche.

Ses mains vont maintenant dans mon dos et il libère ma poitrine de la compression du soutien-gorge. Je le jette sur le sol et attrape avec envie l'élastique de son boxer avant de m'accroupir à mon tour pour le lui retirer. Son sexe est tendu, dur et tellement attirant. Je ne peux m'empêcher de faire courir ma langue du bout de son gland à la base avant de me remettre totalement debout.

Sam gémit à ce contact et empoigne ma nuque pour prendre possession de ma bouche. Sa langue entre immédiatement en contact avec la mienne, elles s'enroulent, se chatouillent, s'excitent.

Je pose mes mains dans son dos et nous plaque l'un contre l'autre avec passion. Étant bien plus petite que lui, c'est contre mon ventre que je sens son érection et la chaleur qui se dégage de son sexe.

Comme une urgence, nos corps ont besoin de se retrouver. Sam me soulève et j'écarte instinctivement les cuisses afin de lui offrir un total accès à mon intimité. Mon dos cogne contre le marbre froid du mur et un petit cri de surprise mêlé à un gémissement de plaisir m'échappe. Je m'agrippe à ses épaules et le laisse frotter le bout de son gland contre mes replis humides, non, plutôt trempés. Le plaisir est immédiat, la chaleur de son sexe contre l'humidité du mien me provoque une sorte de décharge électrique dans le creux du bas-ventre et je décroche ma bouche de la sienne pour mordre mes lèvres et rejeter la tête en arrière.

C'est ce moment précis que Sam choisit pour me pénétrer en douceur. Sans préservatif — puisque nous avons fait des tests qui se sont conclus par un résultat heureusement négatif et que le risque de grossesse est égal à zéro... nous avons pu nous débarrasser du latex —, les sensations sont bien plus intenses. Sa peau contre la mienne, rien ne se tient entre nous.

Mon dos et mon bassin claquent contre le mur quand Sam accélère la cadence et je ne retiens même plus les petits cris de plaisir qui montent dans ma gorge de façon naturelle. Ses mains maintiennent mon corps contre le mur et serrent mes cuisses, la pression parfaite qui me provoque toujours un effet monstre !

Je remonte mes mains et les plonge dans ses cheveux, tout en continuant de gémir bruyamment de plaisir. Je plonge mes yeux dans les siens quand l'orgasme me secoue, violent et terriblement délicieux. L'onde de plaisir se propage de mon entrejambe à mon ventre, mes bras, mes jambes et mon corps entier et secoué d'un léger spasme. Sam, quant à lui, jouit en prenant

possession de ma bouche et en gémissant contre mes lèvres. Bon sang ! Je ne m'en lasserai jamais !

Lentement, il me repose sur le sol et s'assure que je tiens parfaitement debout avant de me relâcher complètement. Nous sommes tous les deux en sueur et la salle de bain est complètement envahie par la vapeur d'eau qui sort de la douche, je l'avais oubliée celle-ci. Je me faufile très rapidement à l'intérieur et apprécie le contact du liquide chaud sur mon corps fatigué.

Les mains de Sam se posent sur mes épaules et il commence à masser mes muscles endoloris.

— Pas trop mal au dos ?

— Juste ce qu'il faut.

Je me tourne vers lui et lui fais un clin d'œil aguicheur avant de me pencher pour attraper le gel douche. J'en récupère une bonne quantité du sien, un gel douche à l'odeur légèrement citronnée et cent pour cent masculine, et l'étale sur sa peau tout en frottant.

— Fais gaffe, je suis très vite reparti pour un deuxième round, bébé.

Sam se penche et dépose un baiser affectueux sur ma bouche, puis reprend sa position et me laisse le savonner comme j'aime le faire. Je ne sais pas si c'est quelque chose de classique dans un couple, mais je dois avouer qu'étaler le savon sur sa peau chaude et légèrement hâlée me fait vraiment plaisir. Je nettoie avec soin son corps et m'éclate à voir sa tête se transformer lorsque je passe sur certaines parties...

— Laisse-moi récupérer un peu et je suis tout à toi.

Sam se mord la lèvre et plisse les yeux, puis il se penche à son tour et attrape mon gel douche à la pomme qu'il étale sur ma peau. Ses mains sur moi m'arrachent un frisson, je ferme les yeux et apprécie ce petit rituel plus que d'habitude.

J'ai l'impression que le monde se remet finalement à tourner dans le bon sens.

Le petit discours de motivation de Sam m'a définitivement remise sur les rails. J'ai enfilé une robe grise près du corps, une paire d'escarpins brillants et ma montre en or, prête à affronter les agents de police et tout ce que ça va impliquer. J'ai eu le temps d'appeler l'avocate et elle m'a beaucoup rassurée, mais je suis aussi consciente que la police risque de me poser des questions sur ce qu'a dit ce Paul Hammond et je ne suis pas certaine d'avoir la force d'y répondre.

Sam récupère mon sac et me le tend :

— Tu es prête ?

— Oui, allons-y.

Je me tourne vers Emma, qui est occupée à nettoyer le salon, et je la préviens de notre départ :

— On y va, Emma. On se voit tout à l'heure si ça ne tarde pas trop, sinon je te dis à demain.

— À demain, Mary et ne vous inquiétez pas tout se passera bien. J'en suis sûre !

Je lui souris, puis Sam et moi quittons l'immeuble pour rejoindre le commissariat. D'après Catherine, il ne s'agit que d'une formalité, je vais juste devoir expliquer les raisons de ma plainte à un agent de police qui tapera à l'ordinateur le moindre de mes mots. Pour ma sœur, je n'aurais qu'à expliquer ce qu'il s'est passé il y a treize ans. Facile à dire, difficile à faire. Ont-ils besoin de connaître les détails ? Ne peuvent-ils pas se contenter de savoir qu'il y a eu un accident ? Je crains fort de ne pas pouvoir le faire toute seule.

Sur la banquette arrière de la voiture, je pose ma main sur celle de Sam.

— Tu resteras avec moi, hein ?

— Oui, je ne te lâche pas d'une semelle.

— S'ils veulent me faire parler de Sara... tu pourras prendre le relai ?

Il se penche vers moi et m'embrasse sur la joue.

— Bien sûr, ma chérie. Mais rassure-toi, ils n'ont pas besoin d'en savoir trop. Leur dire qu'il y a eu un accident suffira. C'était il y a des années.

— J'espère.

— Ne te stresse pas, tout ira bien, je te le promets.

Malgré tous les changements dans ma vie, mon deuil n'est pas totalement fini. Même si je vais parler à ma sœur à chacune de mes visites à Redonia, son absence reste très douloureuse. Je réussis enfin à ne plus penser aux mauvais souvenirs pour me concentrer sur les bons, mais je reste encore très fragile lorsqu'il s'agit d'aborder l'accident. Quand je l'ai raconté, dans les grandes lignes, à la famille de Sam, j'ai cru que mon cœur allait exploser tant la douleur était intense. Je ne tiens pas à la ressentir une nouvelle fois, surtout face à des étrangers.

Sam a raison, il faut que j'arrête d'anticiper le moindre évènement, je vais finir par devenir folle à force de penser de cette manière !

J'inspire et expire lorsque la voiture s'arrête devant le commissariat et je réunis toute la force mentale que je possède afin d'affronter cette conversation la tête haute.

Chapitre 15

SAM THOMPSON

Je raccroche mon téléphone en souriant, comment ne pas sourire après une conversation comme celle-ci avec ma sœur Ana ? Elle a repris du poil de la bête et je suis vraiment soulagé de l'entendre rire et crier de nouveau.

J'ajuste ma cravate tout en jetant un œil à mon apparence dans le miroir. Je porte un costume bleu nuit, une chemise blanche et une cravate bordeaux, un look désormais inhabituel pour moi, mais que j'apprécie quand même retrouver de temps en temps. Surtout quand il s'agit de faire plaisir à Mary pour une occasion spéciale.

Je range mon Smartphone dans ma poche et rejoins la chambre, où la femme de mes rêves est en train de donner à sa tenue la touche finale.

— Wouaw, quelle beauté !

Sans lâcher la boucle de sa chaussure, elle relève la tête vers moi et un large sourire étire ses lèvres.

— Je te retourne le compliment, tu es magnifique.

Elle se relève et s'approche de moi, elle est vraiment époustouflante dans cette tenue. Sa robe moule son corps de la poitrine aux cuisses à la perfection, comme si les paillettes roses étaient devenues une seconde peau pour elle, puis elle s'évase pour terminer sur le sol. Digne d'un tapis

rouge... Même si nous ne l'avons plus foulé depuis quelque temps maintenant.

— J'adore cette cravate.

Elle tire dessus légèrement et je me penche en avant pour trouver ses lèvres douces. Mes mains s'agrippent d'elles-mêmes à ses hanches et je rapproche nos deux corps, qui débordent déjà d'envie.

— On n'a pas le temps, ils vont...

La sonnerie de la porte d'entrée retentit et donne raison à Mary. Nos invités sont là. Je souris contre ses lèvres, lui donne un rapide baiser, puis je descends afin d'ouvrir la porte.

Ce soir, comme l'année dernière, nous donnons un petit repas pré-Noël si on peut appeler ça comme ça. Emma et Mary ont passé la journée aux fourneaux tandis que je rattrapais mes heures de travail et, lorsque je suis rentré, j'ai cru que j'allais dévaliser la cuisine tellement l'odeur de nourriture était appétissante.

J'ouvre la porte en souriant et accueille Georges et Pénélope, Karen, Lina, Amy, puis Jessie et Kyle.

— Vous êtes tous arrivés en même temps, c'est génial ! Entrez, je vous débarrasse de vos manteaux.

Je récupère les affaires et les accroche dans le placard de l'entrée quand la sonnette retentit une nouvelle fois et Mary arrive au rez-de-chaussée. Elle ouvre la porte et Emma ainsi que sa fille Ally font leur entrée. Tout le monde s'extasie sur la décoration de la table, mais moi je reste figé sur Mary.

Elle prend la petite fille dans ses bras et lui parle avec tellement d'aisance, tellement de gentillesse que je reste subjugué devant cette scène. Je l'ai vue être proche des enfants d'Ana de cette manière, je l'ai vue à de nombreuses reprises les prendre dans ses bras, leur offrir de beaux cadeaux et jouer avec eux, mais là c'est différent. Je ne m'explique pas ce sentiment qui fait battre mon cœur un peu plus vite. Peut-être que ça a un rapport avec la conversation que je viens d'avoir au téléphone avec Ana ? Peut-être que mes projets d'avenir embrouillent mon esprit et que je me mets à penser à des choses qui n'ont pas encore lieu d'être ? Je ne suis pas prêt à devenir papa et je suis prêt à parier que Mary l'est encore moins que moi.

Je secoue la tête et m'avance vers nos invités de ce soir en tentant d'enfouir cette pensée étrange le plus profondément possible.

— Alors, qu'est-ce que je vous sers ?

À côté de la table décorée, nous avons placé une autre table où est dressé un fabuleux buffet d'apéritif. Boissons, petits fours, chips, poisson cru, autant de spécialités différentes que de nombres de convives.

Tout le monde s'approche et une fois de plus, l'attitude de Mary fait manquer un battement à mon cœur. Elle s'accroupit à hauteur d'Ally et avec un immense sourire elle lui propose à boire.

— Tu vois, tu as du jus de pomme, du jus d'ananas, du jus d'orange… euh, il y a aussi du sirop. Tu préfères quoi ?

— Hum, du sirop avec du jus d'orange.

— Oh, tu veux un cocktail alors ! Je vais te préparer ça, ma grande.

Sans retirer le merveilleux sourire de son visage, elle se redresse et attrape un grand verre dans lequel elle mélange du jus d'orange et du sirop de cerise.

— Sam ?

La voix de Kyle me tire de mes pensées et je secoue la tête en m'excusant, tandis qu'il jette un œil à Mary.

— Ça te travaille ?

— De quoi tu parles ?

— Tu veux un bébé, pas vrai ?

Je pouffe de rire et lui sers un verre de whisky comme il me l'a demandé en secouant la tête.

— Oh non, je ne suis pas prêt pour ça ! Et puis ça ne fait qu'un an que nous nous sommes rencontrés, ce n'est pas le moment.

— Mec, je vais te dire… il n'y a pas de bon moment. Ce n'est JAMAIS le moment. Tu crois que j'étais prêt quand Jessie m'a annoncé sa grossesse il y a cinq mois ?

— Oui ?

— Eh bien, non pas du tout. J'ai fait une légère crise de panique et j'ai vraiment pris peur.

Jessie pose une main sur l'épaule de son mari et sourit :

— Sacrée crise de panique, oui ! Il est parti sans dire un mot, je suis restée comme une conne plantée au milieu du salon avec mon test dans les mains ! Il est revenu une heure plus tard avec... des couches !

Nous explosons tous les trois de rire et Kyle se défend en levant les mains en l'air :

— J'ai paniqué, OK ?! Mais bon... au moins, on en a un paquet d'avance, c'est plutôt une bonne chose, non ?

— Un paquet de couches en taille quatre, c'est-à-dire que le bébé ne portera qu'à l'âge de... neuf mois, peut-être ? Oui, on est équipés.

À nouveau, nous rions et je continue le service des boissons un immense sourire aux lèvres.

Même si Georges et Emma sont les seuls à travailler pour Mary maintenant, tous ont une place particulière dans son cœur et je sais qu'elle tient énormément à ce repas, tout comme à celui du mois de juin. Deux dîners par an avec ce petit groupe que l'on peut appeler des amis. Toujours est-il qu'ils sont nécessaires et toujours d'excellente compagnie.

Autour de la table, les discussions vont bon train et tous nous parlent de leur vie les uns après les autres. Jessie et Kyle sont impatients d'accueillir un petit garçon dans leur foyer, Karen a été engagée en tant que styliste pour le tournage d'une grande série, Lina et Amy ont décidé de se fiancer et Georges et Pénélope se préparent à

accueillir une sixième petite fille. Que de bonnes nouvelles !

— Et vous, alors ? Quelle sera la prochaine étape ?

La question de Lina manque de me faire recracher ma bière par les narines, je tousse et Mary me regarde d'un air étrange avant de répondre :

— Quelle prochaine étape ?

Jessie prend la parole :

— Mariage ? Bébé ?

— Oh ! Je ne pense pas que l'un ou l'autre soit d'actualité pour le moment. Nous prenons notre temps.

Mary pose sa main sur la mienne en souriant et j'ai l'impression de prendre un seau d'eau glacée sur la tête. Pourquoi est-ce que je ressens ça ? Ce n'est pas comme si elle venait de refuser catégoriquement de s'engager avec moi ou quelque chose comme ça, elle a bien dit « pour le moment ». Et puis, ce n'est pas comme si j'y pensais vraiment, si ?

— Vous feriez de beaux bébés, ça, je n'en doute pas !

— Ouais, avec vos gênes, je suis même prête à l'adopter si vous n'en voulez pas !

La blague d'Amy fait rire toute la table et me détend un peu, même si je continue de me sentir un peu... bizarre. Je n'arrive pas à m'expliquer ce sentiment, ni même pourquoi je le ressens. Pourquoi tout à coup, l'idée d'avoir un bébé prend toute la place dans ma tête ? Est-ce que, passé trente ans, on se met à penser à ce genre de choses ? L'horloge biologique tourne, ou un truc comme ça...

Le téléphone de Mary, posé sur une commode en retrait, se met à sonner et elle se lève en s'excusant pour répondre.

— Alors, Sam, comment ça se passe les livraisons ?

— Très bien, c'est un peu fatigant parfois, mais...

Le bruit du verre qui se brise sur le sol nous pousse tous à nous retourner vers Mary. Elle est aussi pâle que lors de son malaise, le téléphone collé à l'oreille et la bouche entrouverte. J'ai l'impression qu'elle tremble...

Je ne réfléchis pas plus longtemps et me précipite à côté d'elle, le cœur battant. Ses yeux sont remplis de larmes et d'une voix mécanique elle dit :

— J'arrive.

Chapitre 16

MARY JONES

Ma jambe tremble et ce n'est pas uniquement dû au mouvement du jet qui fonce à toute allure dans les airs, mais bien à mon stress grandissant et la peur qui tiraille mes entrailles. J'étais réellement persuadée que tout allait rentrer dans l'ordre, je pensais que le pire était derrière nous malgré la disparition d'Angela. Je ne m'attendais qu'à une seule chose : qu'elle tente d'ouvrir une entreprise de mode avec mes designs. Mais je n'en avais pas peur puisque tout était sous contrôle et elle n'aurait rien pu faire avec les dessins de *Jones Entreprises*.

La semaine qui vient de s'écouler s'est même passée à merveille, les modèles sont partis en patronage et j'ai pu en valider quelques-uns avant le week-end, ce qui m'a rendue vraiment heureuse. J'ai préparé cette soirée dans la bonne humeur avec Emma et une joie immense m'a envahie quand les invités sont arrivés. Alors que s'est-il passé pour que ça bascule aussi vite ?

Un instant, je suis à table en train de rire et celui d'après je sens mon cœur brûler dans ma poitrine et se déchirer en deux. Où sont passés les rires ?

Cette femme est finalement bien plus cinglée que je ne l'imaginais et elle me propulse dans le pire scénario de film que je n'ai jamais vu de ma

vie. Lorsque le numéro de mes parents s'est affiché sur mon téléphone et que j'ai reconnu sa voix à elle, j'ai bien cru que j'allais m'effondrer. Mais j'ai tenu bon et j'ai repensé à ce que Sam m'a répété en boucle. Je suis forte et je peux affronter n'importe quelle épreuve, je l'ai fait dans le passé alors pourquoi pas maintenant ?

Assise dans le jet, je tente à nouveau de m'en convaincre quand la main douce et réconfortante de mon homme se pose sur la mienne.

— Tout va bien ?

— Oui, je veux juste arriver le plus vite possible.

— Ne t'inquiète pas, la police est prévenue et ils nous attendent à l'aéroport, on sera bientôt arrivés.

— Oui, pourvu qu'elle ne leur fasse aucun mal...

Je ne suis pas certaine de croire en Dieu, en tout cas plus depuis la mort de Sara, mais je prie de toutes mes forces pour qu'il épargne mes parents. Pour que cette cinglée ne leur fasse aucun mal et attende patiemment mon arrivée, comme elle me l'a demandé.

Le jet touche enfin le sol de Redonia et mon cœur semble faire un bond dans ma poitrine lui aussi. J'enfile mon manteau et m'apprête à sortir, tout en tenant fermement la main de Sam dans la mienne. Quand l'avion s'arrête enfin, la porte s'ouvre et un escalier est installé devant cette dernière, je m'y engage sans perdre une seule seconde.

— Mademoiselle Jones, je suis le capitaine Rhodes.

— Enchantée, alors vous avez pu l'interpeler ou pas ?

— Nous n'avons pas pris le risque d'intervenir, elle est dans la maison de vos parents et nous avons cru comprendre qu'elle était armée.

À deux pas de la voiture de police, je m'arrête et hausse un sourcil :

— Pardon ?! Elle a une arme ? Et vous la laissez seule avec mes parents ? Vous plaisantez, j'espère !

— Il est plus dangereux pour vos parents que mes hommes tentent une approche frontale... Elle pourrait prendre peur et les attaquer. Nous encerclons la maison et mon équipe se tient prête à intervenir à tout moment. Nous... Nous n'avons pas vraiment... l'habitude de gérer ce genre de situation.

Les doigts de Sam caressent ma peau et il tente de me calmer, mais cette fois-ci ça ne fonctionne pas. J'entre dans la voiture avec rage et serre les dents face à leur logique défaillante. À quel moment est-ce sécurisé de laisser mes parents aux mains de cette folle furieuse armée ? Si elle craque d'un coup et qu'elle les tue, ils n'auront pas le temps d'intervenir et je perdrai mes parents !

Qu'ils soient dans un petit village comme Redonia ou une grande ville comme Orkney ne change rien ! Ils doivent être formés et se tenir prêts à intervenir dans n'importe quelle situation !

J'inspire et expire pour tenter d'apaiser mes nerfs et contrôler les prochains mots qui franchiront mes lèvres. Le capitaine prend place côté conducteur et me demande :

— Que vous a-t-elle dit précisément au téléphone ?

— Elle m'a dit qu'elle trouvait ma maison d'enfance ravissante et que je manquais à mes parents. Elle s'est surtout jouée de moi avant de me dire qu'elle m'attendait.

— Elle n'a pas dit pourquoi elle voulait que vous veniez ?

— Non, vous croyez vraiment que j'ai pris le temps de papoter avec elle ?! J'ai entendu les pleurs de ma mère en fond et je n'ai pas cherché à comprendre, j'ai sauté dans mon jet.

— D'accord, eh bien nous allons voir ce qu'elle désire. Elle ne les a pas pris en otage pour rien...

Ce flic parle avec tellement de désinvolture que j'ai envie de lui faire manger sa casquette ou de lui enfoncer dans un autre endroit... Ma colère s'amplifie, comment peut-il prendre cette affaire si peu sérieusement ?

Je serre la main de Sam et tente de me calmer grâce à sa présence, mais je sens que c'est peine perdue...

La voiture roule à vive allure, puis finit par se garer à l'entrée de la rue où vivent mes parents.

— Vous m'avez dit que la maison était encerclée, où sont vos hommes ?!

— Ils sont en planque, elle ne doit pas savoir que la police est après elle.

— Putain !

Je laisse échapper un juron, puis ouvre la portière pour sortir du véhicule, suivie de près par Sam.

— Attends, tu ne vas pas foncer tête baissée comme ça quand même !

— Et je dois faire quoi d'autre ? Elle veut me voir, j'y vais !

— Ça pourrait être dangereux, Mary. Tu ne veux pas attendre de connaître le plan du capitaine Rhodes ?

Je jette un rapide coup d'œil vers le concerné, qui est sorti de la voiture et nous observe avec une tête de six pieds de long.

— Non. Qu'il se tienne simplement prêt à intervenir en cas de besoin, mais je vais sauver mes parents.

— Alors je viens avec toi.

— Sam !

— Non, je ne discute pas. Il est absolument hors de question que je te laisse entrer dans cette maison toute seule.

— Si je peux me permettre... Vous ne devriez pas rentrer du tout. On ne sait pas ce que cette

personne vous veut et je ne peux pas me permettre de faire entrer des civils sans protection…

Il est déterminé à me faire perdre mon sang-froid cet homme, ce n'est pas possible ! Je souffle et contourne Sam pour me placer en face du capitaine. Un doigt pointé vers lui, je lui fais savoir qui commande entre lui et moi :

— Écoutez-moi bien, personne ne m'empêchera d'entrer dans cette maison ce soir et personne ne m'empêchera de sauver mes parents. Vous l'avez dit vous-même, si Angela voit ne serait-ce que l'ombre d'un gyrophare, mes parents seront en danger.

Effrayé par ma façon de tapoter mon doigt sur son épaule, le capitaine recule jusqu'à heurter la voiture derrière lui.

— Vous n'êtes pas apte à gérer ce genre de situation, vous me l'avez bien fait comprendre. Alors, laissez-moi régler ça et contentez-vous de vous tenir prêt à interpeler Angela. Compris ?

— Ou-oui… Je vais f-faire comme ça.

— Vous communiquez en temps réel avec vos hommes ?

Le capitaine se redresse légèrement tandis que je reprends ma position initiale et m'éloigne de son espace personnel. Il me montre la radio qui est accrochée sur son épaule.

— J'ai des gars qui sont armés et en position, ils pourront intervenir très rapidement pour neutraliser la suspecte.

Mes yeux manquent de sortir de ma tête, il est complètement fou ce type !

— Et la tuer ?! Ça ne va pas ou quoi ?!

— Ce n'est pas ce que nous espérons, mais si elle tente de vous faire du mal ou menace l'un d'entre vous... Nous n'aurons pas le choix. C'est dans le manuel...

Foutu flic de campagne et leurs manuels ! Sam secoue la tête et prend mon visage entre ses mains pour calmer la tempête qui gronde à l'intérieur de mon cœur.

— On va tout faire pour éviter ça, OK ?

Je souffle et prends de Sam tout ce qu'il m'offre, son calme et sa confiance.

— Oui, allons-y, il n'y a pas de temps à perdre.

Sam m'embrasse rapidement, puis je reporte mon attention sur le capitaine et lui dis avec autorité :

— Tenez-vous prêts à intervenir pour l'arrêter, mais évitez de la descendre pour rien !

Je m'éloigne et longe le trottoir en compagnie de Sam avant de faire face à la maison.

Mon cœur s'accélère, la maison est allumée et je distingue l'intérieur du salon à travers les rideaux. Je ne vois pas Angela et encore moins mes parents, dans quelle pièce les a-t-elle amenés ?

Je monte les marches, me poste devant la porte et attrape la poignée. Dois-je frapper ? Ça me semble un peu ridicule...

J'ouvre et entre, quand Angela, plantée à l'entrée de la cuisine, m'accueille avec cette pointe de folie que je ne lui connaissais pas.

— Mary ! La voilà enfin ! L'enfant prodige est de retour !

J'avance dans le couloir sans la quitter du regard. Elle a les yeux exorbités et injectés de sang, les bras au-dessus de la tête… un flingue dans la main. J'ai un léger mouvement de recul lorsque je l'aperçois et Sam me tire en arrière pour se mettre devant moi.

— Oh, mais qui voilà ! Le prince charmant sur son cheval blanc est là aussi !

Le rire d'Angela est bruyant et reflète parfaitement la folie qui l'habite. Il me glace le sang.

— Allez, venez, on n'a pas toute la nuit et j'ai beaucoup de choses à dire.

Elle baisse les bras et nous prend en joue avec son arme. Sam ne me lâche pas la main et s'avance lentement vers elle.

— Écoutez, Angela, je suis sûr que nous pouvons trouver un arrangement. Vous n'êtes pas obligée de faire tout ça…

— Oh, non ! Toi, tu commences pas avec ta morale à deux balles ! Tu t'assieds et tu fermes ta gueule !

Sam grogne, mais obtempère et nous entrons dans la cuisine sous la menace du flingue. Lorsque je découvre mes parents attachés à une chaise et bâillonnés, je me jette sur eux sans réfléchir.

— Papa ! Maman !

Angela rit face à ma détresse, ce qui a le don de faire monter ma colère d'un cran.

— Pourquoi fais-tu ça, Angela ?! Dans quel but ? Laisse-les tranquilles !

— Mary, j'ai l'impression que tu n'as pas bien compris ce qui se passe ici.

Elle s'avance d'un pas et pose le canon sur ma tempe, appuyant avec force le métal froid sur ma peau. Mes parents sont secoués par leurs sanglots, les jambes de ma mère sous mes mains se mettent à trembler tandis que mon père se débat comme un forcené.

Un frisson de terreur parcourt mon corps tout entier et une boule grossit dans ma gorge, j'ai envie de vomir. Je ne vais quand même pas vomir sur ma mère ! Je suis menacée par une arme et je n'arrive pas à penser à autre chose qu'à ce qui menace de sortir de ma bouche pour atterrir sur le pantalon de ma mère. Mais c'est quoi mon problème ?

— Je détiens le pouvoir, ici. Tu n'es rien !

Je lève les mains, tandis que Sam se plante à sa droite et grogne, les dents serrées :

— Pose ton arme. Pose-la tout de suite.

— Sinon quoi ?

Cette fois-ci, elle se tourne vers Sam et le braque à son tour. Mon cœur fait un bond dans ma poitrine et les larmes inondent mes yeux.

Je me relève brusquement et lève les mains devant moi en signe de reddition.

— S'il te plaît, Angela ! Tu voulais me parler, je suis là. Alors, asseyons-nous et discutons... OK ?

La mâchoire serrée, Angela ne décroche pas son regard de mon homme et j'ai l'impression que le temps s'étire et me fait vivre en boucle cette scène surréaliste. À quel moment notre vie a basculé de cette manière ?

Elle explose finalement de rire et indique à Sam une chaise en retrait, juste à côté de mon père.

— Assieds-toi ici et ferme-la.

Sam s'exécute, non sans lui jeter un regard noir, et Angela lui tire la langue avant de prendre place sur une chaise autour de la table. Bon sang, mais qu'est-ce qui ne tourne pas rond chez elle ?!

Je m'installe à mon tour et tremble comme une feuille, j'ai du mal à réaliser ce qui est en train de se produire. J'espère sincèrement que les flics postés dehors ont une vue sur l'intérieur de la maison et que le capitaine ne voulait pas simplement nous rassurer...

— De quoi voulais-tu me parler ?

Angela joue avec son flingue, elle caresse le métal comme s'il s'agissait d'un objet lambda et qu'il ne pouvait pas tous nous tuer d'une seconde à l'autre. Elle penche la tête sur le côté, observe son arme, puis plante ses yeux dans les miens.

— De tout, de rien... De comment tu as gâché ma vie...

— Je ne comprends pas, Angela. Je pensais que tu étais heureuse en travaillant chez *Jones*

Entreprises, tu as toujours été une très bonne employée.

— Ouais, un bon toutou plutôt ! Je n'ai pas été heureuse un seul jour de ma putain de vie en vivant dans ton ombre ! Tu as ce don particulier d'attirer tous les regards sur toi et tu aimes ça, hein ?! Ben moi… on ne m'a jamais regardé autrement que comme l'assistante, la pauvre petite Angela qui subit les caprices et vit dans l'ombre de la seule et unique, la grande Mary Jones !

Son discours n'a aucun sens, je ne comprends pas où elle veut en venir, mais une chose est sûre : elle y met toute son énergie. Sa voix monte crescendo et des gestes théâtraux l'accompagnent.

— Tu sais pas ce que c'est de te démener pour un peu de reconnaissance. Tout le monde t'admire, tout le monde t'aime et tout le monde aimerait être à ta place…

Ses yeux empreints de folie se figent sur mon visage, ils descendent sur mon pull et s'attarde sur ma montre. Je tire mon vêtement pour la cacher et croise les bras contre ma poitrine. Je déteste la façon dont elle me regarde…

— Où veux-tu en venir, Angela ?

— Tu n'as pas encore compris ?

— Non, je dois t'avouer que je ne suis pas certaine de savoir ce que je peux faire pour toi.

— C'est pourtant si simple !

Elle se lève d'un bond et renverse la chaise sur le sol, avant de s'approcher de moi et d'attraper mon menton entre ses doigts.

— Tu ne comprends pas… Je veux être toi !

Je tente de remuer la tête pour qu'elle me lâche le visage, mais elle serre fort et la menace de l'arme est suffisante pour me dissuader d'essayer encore. Son rire résonne dans mes oreilles, il me glace le sang et fait monter des larmes dans mes yeux.

Concrètement, elle compte faire quoi ? Lancer un sort pour échanger de corps avec moi ? Elle est tellement atteinte par sa folie qu'elle ne se rend même pas compte du ridicule de la situation… Ses doigts se plantent dans ma peau, elle me fait mal, bon sang !

— Ce n'est pas possible, Angela…

— Si !

Elle relâche mon menton et pose le canon sur mon front, juste au-dessus de mes yeux.

— Je te tue et ensuite je prends ta place ! Je sais tout de toi, j'ai tout appris et je sais gérer la compagnie mieux que toi ! Les gens pleureront quelque temps, puis ils passeront à autre chose et ils t'oublieront !

Je repère Sam du coin de l'œil qui se lève de la chaise et récupère… une casserole ?! Il compte faire quoi avec ça ? Il faut qu'il sorte de la maison et qu'il alerte la police !

— Tu vois, je ne serais plus ignorée, je serais enfin reconnue et adulée, juste comme toi ! Oh ! Mary, tu ne te rends pas bien compte de la chance que tu as. Tu as un empire dans le creux de ta main et…

Le choc de la casserole sur la tête d'Angela provoque un bruit assourdissant et elle retombe lourdement sur le sol. Je me lève et me précipite dans les bras de Sam, secouée par mes sanglots. Ce dernier éloigne l'arme d'Angela et mettant un coup de pied dedans et me serre contre lui.

— J'ai eu si peur, Bon Dieu...

Les larmes le secouent à lui aussi et nous pleurons tous les deux dans les bras l'un de l'autre, jusqu'à ce que je me souvienne que mes parents sont encore attachés. Comment ai-je pu seulement occulter cette information ?!

D'un même geste, nous nous ruons sur eux et détachons le bâillon ainsi que les cordes qui les retiennent prisonniers.

— Mary !

Ma mère est en larmes, elle me prend dans ses bras et me serre contre elle, tandis que mon père fraîchement détaché enlace rapidement Sam et se jette sur nous.

— Ma fille !

— Je suis désolée, tout est ma faute ! Pardonnez-moi !

Les larmes obstruent ma vision, la culpabilité ronge mes tripes et le boucan que provoquent les agents de police autour de nous ne m'atteint qu'à peine. Je ne me rends pas vraiment compte de ce qu'il se passe, je suis bien trop occupée à pleurer dans les bras de mes parents pour porter une quelconque attention au remue-ménage des policiers. Comment sont-ils entrés d'ailleurs ?

Ce n'est que lorsque le capitaine, enfin je crois, pose sa main sur mon épaule que je me retourne.

— Mademoiselle ? Il faudrait que vous veniez avec nous au poste, pour déposer plainte contre la preneuse d'otage.

Je sors de mes gonds, impossible de me retenir plus longtemps et les émotions de ces dernières minutes ont altéré ma façon de penser.

— Vous étiez où, bordel ?! J'ai failli me faire tuer ! Vous n'étiez pas censés avoir des tireurs embusqués ou je ne sais pas quoi ?!

— Je vous prie de nous excuser, mes hommes n'avaient pas de visibilité suffisante.

Alors que je m'apprête à lui hurler dessus de nouveau, mon père se redresse et lui tend la main.

— Rhodes, la prochaine fois essaye d'entrer avant que la folle braque ma fille avec un neuf millimètres.

— On est vraiment désolé, Jones, le brouillard s'est levé et la neige s'est mise à tomber...

Mon père lui adresse un sourire, puis passe son bras autour de mes épaules tandis que je demeure abasourdie par la scène qui se déroule sous mes yeux.

— Attendez, vous vous connaissez ?

— Oui, Rhodes et moi allons à la pêche ensemble.

Le capitaine me regarde avec un air gêné et s'excuse une nouvelle fois avant de demander :

— Vous voulez bien venir avec nous ?

— Et si tu la laissais se remettre de ses émotions, hein, mon vieux ?

— Oh, oui. Pardon… C'est juste que, tu sais ici on n'a pas l'habitude de ce genre de truc. La procédure dit qu'on doit prendre la plainte de la victime dans les heures qui suivent alors…

— On viendra après, je les amènerai moi-même.

— Entendu, Jones !

Le capitaine, dont le comportement est radicalement différent au contact de mon père, s'éloigne et quitte la maison en nous laissant tous les quatre seuls. Et complètement abasourdis.

La cuisine est sens dessus dessous, mais nous sommes tous en vie. Je soupire enfin de soulagement et ma mère se dirige vers le placard et nous propose de boire un coup.

Je suis en vie. Sam est en vie. Mes parents sont en vie. Nous sommes en vie…

Chapitre 17

SAM THOMPSON

Encore une fois, je suis réveillé en pleine nuit par un terrible cauchemar. Le traumatisme est profond et bien réel si j'en crois les nuits que je passe depuis samedi... Je suis en sueur et tâte le lit à la recherche de la femme que j'aime, une nouvelle habitude que j'ai prise depuis notre confrontation avec Angela...

Mary est bien là, profondément endormie, elle respire et son corps est chaud, elle n'est pas morte. Je me rallonge en soufflant et tente de calmer mon rythme cardiaque ainsi que mon souffle.

Le simple fait de voir Mary mourir dans mes rêves me rend dingue et comprime ma poitrine... Qu'aurais-je été capable de faire si cette cinglée d'Angela avait vraiment tiré ?! Le scénario de mes nuits est toujours le même et l'issue n'est favorable pour personne... Un frisson s'enroule autour de mon échine et je tente de le réprimer, sans y arriver.

Je rejette la couette sur le côté, me lève et rejoins la salle de bain d'un pas décidé. La seule chose qui fonctionne pour faire taire mes angoisses en ce moment c'est soit faire l'amour à Mary, soit prendre une douche froide. Puisqu'il est quatre heures du matin et qu'elle dort profondément, je crois qu'il est l'heure de la douche.

Je me déshabille et prends deux secondes pour me regarder dans le miroir. Les mains posées sur la vasque, j'observe mes épaules monter et descendre en rythme avec ma respiration saccadée, mes yeux sont injectés de sang et de gros cernes marquent mes joues. Le manque de sommeil commence à se faire ressentir et surtout à se voir...

Je me passe les mains sur le visage, secoue la tête et entre dans la douche, où l'eau froide est déjà en train de couler. Sa fraîcheur me surprend dans un premier temps, puis mon corps s'y habitue et j'entreprends de me calmer en la laissant m'étreindre. Je laisse couler le long de mon corps, puis jusqu'au fond du siphon toutes mes émotions et les souvenirs de ce rêve horrible que je viens de faire.

Je m'adosse au mur et prends ma tête à deux mains, l'eau de la douche n'est pas la seule à couler et mes larmes s'y mêlent sans que j'en sois réellement conscient. Comme si elles débordaient simplement et qu'elles n'avaient plus de place dans mon corps.

— Sam ?!

J'ouvre les yeux et relève vivement la tête vers Mary qui se tient au milieu de la salle de bain, les cheveux emmêlés et le sommeil imprimé sur son visage.

Quand elle s'aperçoit de ma détresse, et probablement de mes yeux rougis par l'émotion, toute trace de fatigue disparaît de son visage et elle s'avance vers la porte de la douche qu'elle ouvre.

— Ça va ? Qu'est-ce qu'il y a ?

— Rien... T'inquiète pas, tout va bien.

— Non, tout ne va pas bien.

Vêtue d'une simple nuisette elle s'avance un peu plus et pousse un petit cri lorsque l'eau froide entre en contact avec sa peau.

— Qu'est-ce que...

Elle appuie sur le panneau tactile et coupe l'eau avant de venir me prendre dans ses bras. Je suis nu et trempé, mais elle n'hésite pas une seconde face à ma détresse et se colle contre moi.

— Qu'est-ce que tu as, mon amour ?

— Rien...

Je la serre dans mes bras, la plaque contre mon corps et les larmes refont leur apparition. Je crois que c'est la première fois de ma vie que je me sens aussi vulnérable...

— Parle-moi, tu m'inquiètes !

Elle prend ma tête entre ses mains et plonge son regard dans le mien. La chose qui me manquait pour que je me mette à parler.

— J'ai eu si peur... Mary, j'ai eu si peur...

Je craque, je laisse aller ma tristesse et lui avoue enfin ce qui me traumatise. Elle est d'un réconfort extrême et me serre dans ses bras avec beaucoup d'amour et de tendresse. Putain, je suis vraiment chanceux de l'avoir dans ma vie.

— Je suis là, Sam. Je vais bien, tout va très bien et Angela est derrière les barreaux. Tout est terminé. Elle ne peut plus nous atteindre.

— Oui… mais… Putain, Mary j'ai eu tellement peur. Tu n'imagines pas tout ce que j'ai pu ressentir quand je l'ai vue te braquer comme ça… Mon dieu…

Je la serre encore plus fort contre moi, comme si elle pouvait m'échapper d'une minute à l'autre.

— Calme-toi, chéri, je suis là… Tu as fait un cauchemar, c'est ça ?

— Oui… je suis fatigué, Mary. Je n'arrive pas à quitter la maison, à manger, à dormir sans revoir cette image d'elle, son flingue sur ton front… Putain…

Je fourre mon nez un peu plus dans ses cheveux et respire sa délicieuse odeur fruitée, celle qui me remet finalement les pieds sur terre. Elle est là, tout va bien. Elle est là… Dans mes bras.

— Viens, on va se mettre au chaud, tu trembles.

Je ne m'en étais pas rendu compte, mais oui, mon corps est secoué d'intenses tremblements et j'ai froid. Je suis Mary et attrape le peignoir qu'elle me tend avant de l'enfiler.

— Assieds-toi, je vais te sécher les cheveux.

Je m'exécute sans broncher et la laisse s'occuper de ma crinière. Elle éponge avec la serviette, passe un coup de brosse, puis branche le sèche-cheveux et me réchauffe avec l'air qui en sort.

Je tends le bras en arrière, je ne peux me résoudre à retirer ma main de sa cuisse, j'ai besoin de la toucher et de la sentir, même si je la vois dans le reflet du miroir. Quand mes cheveux sont secs, elle range l'appareil et s'installe sur mes cuisses.

Ses yeux se baladent sur mes boucles, elle passe la main dedans et termine par la poser sur ma joue.

— Je t'aime, Sam. Je suis désolée que tu te sentes aussi mal, je suis désolée pour tout.

— Ce n'est pas ta faute, ma chérie, j'ai juste eu très peur. Il va me falloir quelque temps pour m'en remettre, je pense.

— Tu veux prendre rendez-vous avec le docteur May ?

— Ton psy ?

— Oui.

Est-ce que j'ai envie ? Est-ce que je suis prêt à m'ouvrir à un professionnel ? Après tout, j'imagine que ça ne peut pas me faire de mal et qu'un avis extérieur peut m'aider à y voir plus clair... Je n'ai jamais consulté de psychologue, mais il fait apparemment des miracles sur Mary, alors pourquoi ne pas tenter ?

— Pourquoi pas... Tu crois qu'il peut m'aider ?

— Je pense. Il est vraiment très doué, regarde où on en est. C'est en partie grâce à lui, tu sais.

Du bout du doigt, elle arrange mon sourcil et dépose un baiser sur mon front. Elle est devenue tellement douce, elle est merveilleuse et je

remercie le ciel de l'avoir mise sur ma route, je ne m'imagine pas une seule journée sans elle désormais. Et je ne peux pas lui infliger ma détresse plus longtemps. Elle n'a pas à subir ce mal qui me ronge, je suis certain qu'elle a assez à faire avec ses propres sentiments.

— Alors, OK. Je veux bien tenter.

Nos lèvres entrent en contact et nos peaux se réchauffent très vite.

Mon envie grandit à mesure que notre baiser s'intensifie et en moins de temps qu'il ne faut pour le dire, j'entre en elle dans le confort de notre lit.

Chapitre 18

MARY JONES

J'ai l'impression de ne pas avoir eu de journée normale depuis une éternité. Ces derniers jours ont été si compliqués à gérer que je me demande où je vais trouver la force d'affronter le reste. Non, en réalité c'est tout le mois de novembre qui l'a été et nous n'avons pas vraiment eu de répit. Entre la maladie d'Ana qui nous fait énormément souffrir et qui est accompagnée de la peur qu'il lui arrive quelque chose, et tous les problèmes liés à Angela et à sa folie furieuse, nous n'avons vraiment pas eu le temps de respirer. Au moins pour cette partie, nous sommes tranquilles puisqu'elle dort en prison et que Catherine se démène pour préparer un dossier solide et la faire rester à l'ombre le plus longtemps possible.

Je crois que c'est l'accumulation qui nous épuise, oui, c'est bien ça. L'accumulation d'émotions négatives et angoissantes.

Sam m'inquiète...

Je ne l'ai jamais vu dans cet état et je crains fort qu'il ne soit en train de faire une dépression ou quelque chose comme ça. Il a les épaules solides, il a l'habitude de porter sa famille à bout de bras et depuis un an, je me suis rajoutée à ce poids. Je n'ai pas été suffisamment forte pour me rendre compte de tout ce qu'il traversait lui aussi et je

n'ai pas été en mesure de lui apporter mon soutien comme j'aurais dû.

Mais tout va changer. Maintenant que le médecin m'a rassurée en m'expliquant que mes dernières analyses étaient bonnes et que ma tension était redevenue normale, je compte bien en profiter pour prendre les choses en main. C'est le moment pour moi d'aider Sam à aller mieux. Cette nuit, mon cœur s'est déchiré de le voir dans cet état et je ne tiens pas à ce que ça recommence.

Pour commencer, je le tiens désormais informé de mes déplacements en temps réel et le rassure sur ma sécurité. Je comprends son angoisse et si je peux l'amoindrir en lui envoyant de simples textos, alors je n'hésite pas.

À la sortie du cabinet médical, je demande à Georges de me conduire au bureau et la réponse de Sam m'apparaît.

Sam : D'accord, ma chérie.
J'ai encore cinq livraisons et j'ai fini ma journée, ensuite j'irai voir le docteur May.
À quelle heure est le rendez-vous ?

Mary : Quinze heures, si tu as fini pour le déjeuner on mange au bureau ?

Sam : Avec plaisir.
Je m'active pour te rejoindre.

Je t'aime.

Je lui réponds en pianotant rapidement, puis range mon téléphone dans mon sac tandis que Georges se gare le long du trottoir, devant mon building.

— Tout ira bien pour vous, Mary ?

— Oui, ne vous inquiétez pas.

— Je...

Il hésite, sa voix n'est pas très assurée, on dirait qu'il n'ose pas me parler.

— Qu'est-ce qu'il se passe, Georges ?

— Je voulais vous dire... Je suis heureux de vous retrouver en pleine forme. Nous avons tous eu très peur pour vous.

L'attitude de Georges me touche énormément. Je pose ma main sur son avant-bras et lui souris.

— Merci de vous être inquiétés pour moi. Enfin, je ne suis pas sûre que ce soit une bonne chose, mais merci beaucoup. Vous êtes tous de véritables amis et je suis contente de vous avoir dans ma vie.

— Nous sommes heureux d'en faire partie.

J'ouvre la portière et m'apprête à descendre, mais je me retourne avant de quitter la voiture et lui dis :

— Et on devra reprogrammer un dîner, on a écourté bien trop vite cette belle soirée samedi !

— Ce sera avec plaisir. Envoyez-moi un message quand je dois venir vous chercher, je reste dans le coin.

— Merci, George, à tout à l'heure !

Je sors et referme la portière, puis entre dans l'immeuble avec le sourire aux lèvres. Si cette mésaventure avec Angela s'était produite l'année dernière, qui se serait réellement inquiété pour moi ? Qui aurait eu peur de me perdre ? Personne. Sam a réellement chamboulé ma vie dans le bon sens, le meilleur sens possible d'ailleurs, et je ne suis pas près de le laisser tomber.

Les patronages qui me sont présentés sont parfaits, les modèles défilent les unes après les autres en portant les premiers essais qui serviront à la réalisation des prototypes, puis à la fabrication finale. Les étapes se réduisent et je suis vraiment satisfaite de la vitesse à laquelle les choses vont. Christopher est toujours aussi efficace et je dois avouer que sans lui, il n'y aurait plus du tout de collection.

Ça fait bien trois heures maintenant que nous validons tous les deux les tenues présentées, je crois qu'une petite pause s'impose.

— Christopher, on fait une pause ?

— Bien sûr, Mademoiselle Jones, vous allez bien ?

— Oui, oui, très bien. Je voudrais juste discuter de quelque chose avec toi.

Un éclair d'inquiétude traverse son visage, il s'avance fébrilement et s'installe sur le fauteuil à ma droite.

— J'ai fait quelque chose de mal ?

— Oh, non ! Au contraire, je suis vraiment très fière de toi. Tu as sauvé la collection, tu as fait un excellent boulot. Je te félicite !

— Oh... merci beaucoup, Mademoiselle Jones. Vraiment, je suis honoré. J'ai juste fait mon travail, vous savez.

— Justement, tu l'as si bien fait que je ne suis presque pas utile !

Christopher rougit, il est gêné par mes compliments, ce qui me prouve une fois de plus, si tant est que ce soit nécessaire, que c'est une bonne personne et que je peux avoir confiance en lui. Il me l'a prouvé tout au long de l'année qui vient de s'écouler après tout.

— Tu te sens capable de terminer tout seul ?

— Les patronages ? Euh... oui, mais j'aimerais quand même avoir votre avis.

— Je ne parle pas uniquement des patronages, je parle de la collection complète.

Il écarquille de grands yeux et porte sa main sur son cœur, ses joues n'ont jamais été aussi rouges.

— Vous plaisantez ?

— Pas du tout. J'ai une confiance absolue en toi et... pour être honnête, j'ai besoin de prendre du recul par rapport à l'entreprise.

J'attrape ma bouteille d'eau et en bois une longue gorgée tandis que Christopher reste sous le choc.

— Comme tu le sais, je viens de passer un mois difficile et j'ai besoin de me recentrer sur l'essentiel. Je pensais que c'était impossible pour moi de prendre des vacances, mais tu me prouves que si.

— Je ne sais pas si je serai à la hauteur, Mademoiselle Jones.

— Appelle-moi Mary, s'il te plaît, et ne dis pas de bêtises ! Je sais que tu seras parfaitement à la hauteur, tu l'es déjà. Alors, tu es partant ?

— Je... Oui, bien sûr ! C'est une opportunité en or que vous me donnez, je ne sais pas si vous vous en rendez compte.

— Oui, je sais et tu la mérites amplement. Je resterai joignable en cas de pépin, mais je suis certaine que tout ira bien. Bien sûr, ton nom apparaîtra sur la collection et tu auras une augmentation ainsi qu'une prime.

Le jeune homme remue la main devant lui et secoue la tête :

— Non, vous plaisantez ! Je ne fais pas ça pour l'argent, mais par passion.

— Mon cher ami, tu apprendras que dans la vie on ne s'achète rien avec de la passion. Apprends à mêler ton ambition à celle-ci et je te promets que tu iras très loin dans la vie.

— C'est ce que vous avez fait ?

— Oui, il y a de ça. Mais...

Je laisse aller mon regard sur la pièce dans laquelle nous nous trouvons. Une immense salle de réunion blanche, remplie de croquis de modèles de robes, de tissu et de lumière.

— J'ai perdu la passion en chemin et mon statut actuel ne me permet plus de la refaire vivre, je suis plus occupée à signer des papiers et valider des dossiers qu'à réellement plonger dans la mode. Quand j'ai repris le crayon et le carnet, j'ai… je me suis sentie tellement heureuse. J'ai vraiment besoin de prendre le temps d'y voir plus clair, il faut que je sache ce que je désire désormais au fond de moi.

— Vous ne songez pas à fermer l'entreprise quand même ?!

— Non, rassure-toi, j'ai passé des années à bâtir cet empire, je ne le laisserai pas s'effondrer du jour au lendemain. Mais peut-être qu'il est temps pour moi de prendre du recul et de me consacrer à ce qui m'animait à mes débuts.

— J'espère réussir à vous y aider dans ce cas.

Quelques coups frappés sur la porte me font relever la tête et un sourire étire mes lèvres lorsque je découvre qu'il s'agit de Sam. Il lève un sac en papier blanc et demande :

— Est-ce que quelqu'un ici a faim ?

— Oh oui ! Je suis affamée.

Je me lève et me tourne vers Christopher :

— Tu veux manger un morceau ?

— Non, merci. Je vous laisse tous les deux, j'ai des petites choses à voir avec Lise et Marion.

— Pas de problème, à tout à l'heure, Christopher.

— Merci encore pour tout, Mary. Bon appétit à vous deux.

Sam le remercie et nous sortons dans le couloir afin de rejoindre mon bureau.

— Pourquoi il te remercie ?

— Je vais t'expliquer.

Je laisse Sam entrer le premier et nous nous installons autour de la table de réunion afin de déguster les délicieux hamburgers qu'il a ramenés.

Quelque chose me dit que ma décision de laisser Christopher aux commandes risque de lui faire très plaisir. Il a besoin de moi plus qu'il ne veut bien l'avouer et je dois m'occuper de lui le mieux possible.

Chapitre 19

SAM THOMPSON

Le bureau du docteur May me plonge tout de suite dans l'ambiance. Je n'avais jamais mis les pieds chez un thérapeute, je ne connaissais que ce que les films veulent bien nous en montrer, et j'ai pourtant la nette impression que leur représentation est assez proche de la réalité. Les murs peints en jaune clair arborent de multiples cadres aux peintures apaisantes et certains font étalage des nombreux diplômes du praticien. Les meubles en bois sont sculptés et une certaine chaleur s'en dégage, si on peut dire. J'ai l'impression que tout est fait pour mettre en confiance.

Je m'installe dans le fauteuil de cuir à la demande du docteur May et l'écoute se présenter à moi.

— Je suis ravi de vous recevoir, Monsieur Thompson. Je suis donc le docteur May et je suis disposé à vous écouter, à vous conseiller si vous en ressentez l'envie et à me taire si tel est votre désir. C'est vous qui choisissez de quel genre de soutien vous avez besoin aujourd'hui.

— Oh, merci. Euh... Pour être franc, je n'ai jamais rencontré de psychologue. Je ne sais pas du tout comment ça fonctionne. Est-ce que je dois parler sans m'arrêter et vous laisser écrire ce que vous en pensez ?

— C'est quelque chose qui vous conviendrait ?

Parler sans interruption et l'observer prendre des notes ne me dit rien... Les monologues, très peu pour moi.

— Pas du tout.

— Alors on ne fera pas comme ça. Souhaitez-vous qu'on soit dans l'échange ? Vous me parlez, j'interagis avec vous en vous posant des questions et ainsi cela ressemble un peu plus à une conversation entre amis.

— Oui, je pense que sera plus naturel.

— Bien, ça me convient aussi.

Je remarque qu'il pose le carnet de notes sur un petit guéridon à côté de lui et il se détend en croisant les jambes. Une discussion entre amis alors, rien de plus.

Son attitude me permet au moins de me détendre un peu et de, moi aussi, me mettre à l'aise.

— Alors, Monsieur Thompson, que se passe-t-il en ce moment dans votre vie ?

— Eh bien... j'ai vécu quelque chose de traumatisant samedi dernier et depuis je ne dors presque plus, je fais énormément de cauchemars. Je... Une ancienne assistante de Mary s'en est prise à elle. Elle lui a fait du chantage, a tenté de l'escroquer de plusieurs millions d'euros et a fini par s'en prendre à ses parents dans le but de l'atteindre.

— C'est affreux ! Que lui voulait-elle ?

— Aussi cinglé que ça puisse paraître, elle voulait prendre sa place.

Je remarque au moment où les mots franchissent mes lèvres que je viens de parler de cinglé en présence d'un psy, je ne tourne pas bien rond non plus.

— Pardonnez-moi, je ne voulais pas paraître impoli ou moqueur.

— Il n'y a pas de mal. Ce n'est effectivement pas très sain de vouloir prendre la place d'une autre personne.

J'émets un petit rire, puis replonge dans mon récit.

— Quoi qu'il en soit, elle a pris les parents de Mary en otage et l'a appelée dans le but de la faire venir à Redonia. Ni une ni deux, vous vous en doutez, nous avons sauté dans un avion et nous sommes précipités chez ses parents où elle l'attendait.

— Vous l'avez accompagnée parce que vous étiez inquiet ?

— Oui, depuis le jour où elle a décidé d'amener cette valise d'argent au parc je me fais beaucoup de soucis.

— Ça s'est passé quand, ça ?

— Euh... Une semaine environ avant l'appel. Angela, l'ancienne assistante, avait récupéré une vidéo intime de Mary et moi et elle a demandé trois millions d'euros en échange de sa suppression. Comme les preuves de sa culpabilité étaient inexistantes, l'avocate a pensé qu'amener l'argent en prévenant la police était un moyen de la prendre en flagrant délit.

— C'est ce qui est arrivé ?

— Presque, en réalité c'est son petit ami qui est venu récupérer la valise. Il a été arrêté et la police a découvert qu'il était déjà connu de leurs services... il en voulait à Mary d'avoir fermé la branche dans laquelle il travaillait et s'est associé à Angela pour lui causer du tort.

— Vous avez laissé Mary aller à ce rendez-vous seule ?

— Non, je lui ai menti... j'ai monté un stratagème pour me dissimuler dans le parc. Je ne pouvais pas supporter le fait de la laisser aller là-bas toute seule.

— Mais elle ne l'était pas vraiment, si ?

— Non, il y avait des policiers aussi, mais... j'avais besoin d'être là.

— Je comprends. Vous avez des frères et sœurs, Monsieur Thompson ?

Je hausse les sourcils face à ce revirement de situation, comment peut-il changer de sujet aussi vite ? Est-il si doué qu'il analyse mon comportement en quelques phrases ? Quel lien a-t-il trouvé entre mon besoin de protéger Mary et la composition de ma famille ?

— Oui, j'ai deux sœurs, pourquoi cette question ?

— Parce que je remarque que vous semblez très protecteur avec Mary. J'ai l'habitude de voir ce genre de comportement entre frères et sœurs. Quel âge ont-elles ?

— Ana a trente-quatre ans et Chloé vingt-six.

— Vous êtes le plus âgé ?

— Non, c'est Ana l'aînée.

Parler de ma sœur provoque en moi quelque chose d'inexplicable. Comme le docteur May ne rajoute rien pour le moment, je me permets de reprendre la parole, j'ai besoin qu'il sache ce qu'il en est si je veux qu'il me vienne en aide.

— Ana est malade. Elle a un cancer des poumons qui a été découvert il y a quelques mois et elle est traitée par chimiothérapie. Je... je ne le vis pas très bien et j'ai peur qu'il lui arrive quelque chose.

— Je comprends, ce n'est pas facile quand on n'a pas la main. Comment réagit-elle au traitement ?

— Il y a des jours avec et des jours sans. Pour le moment, sur le plan médical nous n'en savons pas plus, elle doit refaire un contrôle d'ici quelques semaines, quand elle aura atteint les six mois de traitement.

— Vous êtes confiant quant aux résultats ?

Je ne m'étais jamais posé la question. Je suis stupéfait, il arrive à mettre le doigt sur des interrogations auxquelles je n'avais même pas osé penser. Il me pousse à fouiller en moi-même et à être sincère sans réellement forcer. Cet homme est très doué.

— Je pense que oui, elle a repris du poil de la bête comme on dit et je la trouve de plus en plus en forme.

— C'est une excellente nouvelle alors ! Vous avez eu peur pour Mary quand vous avez confronté Angela ?

De nouveau, il passe d'un sujet à l'autre et je me demande bien quel cheminement prend son esprit pour en arriver là.

Je plisse les yeux et passe une main sur mon visage avant de répondre le plus sincèrement possible :

— Oui, j'ai eu très peur.

— Un peu comme vous avez peur pour votre sœur ?

— Je... Oui, je suppose. Enfin, la menace de mort était bien plus... immédiate. Mary s'est retrouvée braquée par une arme à feu et...

Mes mains tremblent soudainement. Aborder ce sujet me fait transpirer et accélère mon rythme cardiaque. J'aimerais tellement oublier cette scène surréaliste, tout effacer de ma mémoire et continuer à vivre normalement.

— J'ai cru que j'allais la perdre. J'étais prêt à tout pour que ça n'arrive pas...

Je marque une courte pause, le temps de remettre de l'ordre dans mes idées, puis lui raconte :

— Angela m'avait fait m'asseoir sur une chaise, à côté des parents de Mary, mais pour une raison que j'ignore, elle ne m'avait pas ligoté comme eux. Elle n'avait pas l'air dans son état normal, elle criait et ne parlait pas très clairement. Quand elle a porté toute son attention sur Mary et qu'elle a collé son flingue sur son front en expliquant son plan de la tuer pour prendre sa place... je n'ai pas hésité. J'ai attrapé une grosse casserole qui traînait sur le plan de travail et je l'ai assommée avec.

— Vous avez sauvé la vie de Mary, alors ?

— Je...

Oh, merde. C'est la première fois que mon acte m'apparaît sous cet angle de vue. Enfin, c'est la première fois que j'accepte de le voir de cette manière. Mary m'a bien remercié un nombre incalculable de fois, elle a répété en boucle que je lui avais sauvé la vie, mais je ne l'ai pas entendu comme ça. Je me suis contenté de me satisfaire qu'elle soit saine et sauve sans forcément réaliser que j'avais joué un rôle important. Je crois que je n'y croyais pas du tout.

Seulement quand les mots sortent de la bouche de cet inconnu, qui semble assez honnête pour me répondre au tac au tac, j'y crois réellement pour la première fois.

— Oui, vous avez raison. Je lui ai sauvé la vie.

— Pourquoi paraissez-vous surpris ? Vous avez agi, vous avez fait quelque chose de fort et Mary est saine et sauve, je ne vous l'apprends pas.

— Je n'avais pas réalisé la portée de mon geste. J'ai l'impression que le fait de vous raconter ce que j'ai fait m'aide à comprendre à quel point c'était important.

— Ce jour-là, Mary aurait pu mourir, mais vous l'avez protégée. C'est plus qu'important à mon sens.

— Vous avez raison.

Un poids semble se retirer de mes épaules et j'inspire profondément avec plus de facilité.

— Vous aimeriez sauver votre sœur de la même manière ?

Décidément, ce psy a un sérieux problème de transition, même si je commence à saisir où il veut en venir et les liens qui existent entre les deux situations, ceux qu'il tente de me montrer.

— Oui, évidemment.

— Seulement, vous savez que c'est impossible.

— Oui…

— Votre famille a l'habitude de compter sur vous ? Vos sœurs par exemple, elles vous demandent souvent de faire certaines choses pour elles ?

— Effectivement. Je me suis rendu à Palatino au début du mois justement pour intervenir auprès de ma grande sœur.

— Hum, je vois.

Le docteur May se redresse dans son fauteuil et se racle la gorge.

— Je vais vous donner mon avis avec les éléments que vous venez de me livrer. La maladie de votre sœur est quelque chose que vous ne pouvez pas contrôler, cela vous frustre de ne pouvoir la soigner. Quand l'éventualité qu'il puisse arriver quelque chose à Mary s'est présentée, vous aviez le contrôle sur la situation, vous pouviez agir pour la protéger. Vous avez pris un risque qui a payé, la femme que vous aimez est saine et sauve. Mais votre sœur est toujours malade, je me trompe ?

Une grosse boule d'émotion se forme dans ma gorge et m'empêche de prononcer le moindre mot. Je me contente donc de hocher la tête, tout en sentant les larmes monter dans mes yeux.

— Ce qui provoque ces cauchemars et ces insomnies est bien évidemment lié au choc d'avoir vu Mary avec une arme pointée sur elle, mais je pense que votre cerveau fait aussi le lien entre votre sœur et votre compagne. De lui-même, il insinue dans votre esprit un sentiment de culpabilité qui vous empêche de dormir correctement. Sans mentionner l'inquiétude de voir une telle chose se reproduire. Pensez-vous que je puisse me tromper ?

— Non. Je crois… je crois que vous avez raison. Je n'avais pas vu les choses de cette façon…

— Je suis ravi de pouvoir vous aider à y voir plus clair. Si vous gardez en tête que rien de tout ce qui arrive n'est votre faute et si vous réussissez à intégrer qu'il est impossible de tout contrôler, alors je pense que vous devriez retrouver le sommeil.

— Vous pensez ?

— Oui, j'en suis convaincu. Vous semblez être quelqu'un d'altruiste, Monsieur Thompson, continuez à l'être tout en restant raisonnable. Ne portez pas le poids du monde sur vos épaules.

— Vous avez raison.

Pendant encore de longues minutes, je discute avec le docteur May comme s'il était un ami. Un ami dont le temps a un coût exorbitant et qui fait

un gros trou dans mon compte en banque, mais un ami à l'écoute et dont les conseils s'avèrent aussi judicieux que nécessaires.

Je sais que c'est son métier, mais je ne peux m'empêcher de ressentir une certaine sagesse émaner de cet homme. Il est calme, sa voix est douce et posée et ses mots sont finalement choisis avec le plus grand soin. Moi qui croyais en début d'entretien qu'il se contentait de me poser des questions sans but, je me suis lourdement trompé. Il m'avait analysé et compris avant même que je n'en dise plus sur moi. Il est vraiment très doué et je comprends maintenant pourquoi Mary l'a gardé auprès d'elle pendant toutes ces années.

Je quitte son cabinet avec le sourire et marche dans la rue pour rejoindre Mary, qui m'attend à la maison. Les deux ne sont pas très éloignés et un peu d'air frais me fera du bien. La nouvelle qu'elle m'a annoncée pendant le déjeuner contribue à ma bonne humeur. Le fait qu'elle décide de prendre du temps pour elle, pour nous, en confiant à son assistant une responsabilité de cette taille me prouve combien elle a changé et à quel point elle tient à notre couple.

Tout ira bien maintenant, nous sommes suffisamment équipés pour faire face à ce que la vie aura décidé de mettre sur notre chemin.

Chapitre 20

MARY JONES

C'est le premier week-end de décembre et sans grande surprise tous les rayons du *Light Lux'* sont bondés ! Sam et moi nous frayons un chemin difficile parmi la foule avant de finalement trouver l'entrée du magasin de jouets.

— Bon, on est bien d'accord : pas d'excès, hein ?

Je pince les lèvres et garde les yeux sur la pile de poupées qui trône au beau milieu de l'entrée.

— Oui, oui, je vais rester raisonnable.

— Regarde-moi dans les yeux, pour me dire ça.

Sam, mains sur les hanches et petit sourire en coin, me fixe avec les sourcils levés.

— Oh allez, Sam ils ont eu une année difficile, il faut les gâter ces gosses !

— J'en étais sûr !

Il explose de rire et passe une main dans ses longs cheveux qu'il ramène en arrière.

— Quoi ? C'est vrai, non ? Ils ont bien mérité un peu de joie après toutes les épreuves qu'ils ont endurées.

— On peut leur en apporter sans forcément les étouffer de cadeaux, tu sais.

— Oui, mais...

Je m'approche de Sam et le regarde avec mon petit air de gosse pourrie gâtée, je bats des cils et joins mes mains devant mon menton.

— S'il te plaît, oncle Sam, on veut tout plein de cadeaux !

— Tu es ridicule, tu le sais, hein ?!

— Oui, mais au moins je te fais rire.

Sam secoue la tête et explose bel et bien de rire avant de m'embrasser rapidement, puis de me prendre par la main.

— Allez, viens, on va trouver des cadeaux à ces enfants.

Je le suis d'un pas déterminé, mais passe rapidement devant lui quand on s'approche du rayon des poupées, des bébés en plastique et de tout ce dont Zoé est dingue.

— Oh ! regarde ! Ce ne sont pas les princesses de ses dessins animés ?

— Si, je crois.

Je sors mon téléphone de mon sac et appelle Ana, il faut que je sois sûre qu'elle n'a pas déjà ces humaines miniatures, le père Noël ne fait pas ce genre d'erreur.

— Allô, Mary ?

— Oui, ça va ?

— Bien et toi ? Il y a un problème avec Sam ?

— Non, tout va bien. On est en train de faire les achats de Noël et je voulais juste m'assurer que Zoé n'avait pas encore les poupées des princesses, tu sais celles de ses dessins animés ?

— Ah ! Tu m'as fait peur ! Euh, non elle ne les a pas.

— D'accord, alors je les prends.

Ana dans le haut-parleur du téléphone et Sam en face de moi, s'écrient en chœur :

— Toutes ?!

— Oui, pourquoi ? Ça pose un problème ?

Sam secoue la tête en se tenant le front et Ana me répond :

— Non, non... c'est juste que... OK, merci, Mary. Tu es géniale.

— Pour les garçons ? Tu as une idée ?

— Aucune, j'ai déjà eu du mal à trouver moi-même alors je vais vous laisser galérer un peu. Ce sera plus drôle.

— J'adore cet état d'esprit, ne te plains pas si je prends des petites motos alors. Ou un quad, tiens !

Ana explose de rire, mais termine en quinte de toux et je change carrément d'humeur. En une fraction de seconde, je passe de joueuse à inquiète et je comprends à la tête que fait Sam que mon visage parle pour moi.

— Tout va bien, Ana ?

— Mais oui, rooooh ! J'ai avalé mon thé de travers à cause de tes conneries !

Je garde en mémoire ce que Sam nous a dit, Ana ne veut plus être traitée comme une malade du cancer.

— Oh ! je ne suis pas inquiète, tu sais bien que je n'ai pas vraiment de cœur.

À nouveau, Ana pouffe de rire et Sam ne comprend soudainement plus rien.

— Bon allez, je te laisse regarder la télé tranquille, on a des quads à acheter.

— Ahah très drôle ! Et tu te trompes, je ne regarde pas la télé, je lis un livre.

— Pardon ! Tu es overbookée j'ai l'impression !

— Va dépenser ton fric, la millionnaire !

— Milliardaire, s'il te plaît !

Nous rions joyeusement et l'angoisse que je sentais monter en moi lorsque je l'ai entendue tousser disparaît quand son rire cristallin résonne. Je raccroche et secoue la tête en portant une main contre ma poitrine.

— Elle m'a fichu la trouille !

— Qu'est-ce qu'elle a dit ?

— Elle a ri et s'est mise à tousser, mais en fait elle a juste avalé de travers.

Sam pousse un soupir de soulagement, puis reporte son attention sur les poupées.

— Tu ne vas pas toutes les prendre quand même ?!

— Si, pourquoi ?

— Il y en a... une quinzaine !

— Raison de plus, elle aura la collection complète et je vois de là les étoiles briller dans ses yeux.

— Hum...

Sam se rapproche et attrape l'une des boîtes de plastique et la retourne avant d'écarquiller les yeux :

— Tu es cinglée ! Vingt euros l'unité, tu multiplie par quinze...

— Ça fait trois cents euros, ce n'est rien du tout.

Il souffle et repose la boîte en râlant :

— Mary, trois cents euros pour une petite fille de six ans, c'est énorme ! Tu ne te rends pas compte.

— Sam, s'il te plaît, laisse-moi leur faire plaisir.

— Non, pas si c'est pour dépenser autant.

Sa manie de vouloir contrôler l'argent que je dépense commence sérieusement à m'agacer. Je sais qu'il n'a pas vécu avec les mêmes moyens et je sais aussi que c'est assez compliqué pour lui ne serait-ce qu'estimer ma fortune, mais il va falloir qu'il fasse un effort ! Trois cents euros, je les gagne en clignant des yeux, bon sang !

— Sam, arrête s'il te plaît.

— Non ! Je ne suis pas d'accord avec le fait de dépenser trois cents euros pour une petite fille ! Dans quelques mois les poupées seront décoiffées, les tenues égarées et elle ne jouera même plus avec. C'est ridicule de dépenser autant !

— Mais, qu'est-ce qu'on s'en fout ?! Tant qu'elle est contente le matin de Noël, c'est tout ce qui compte, non ?!

— Non, pas à ce prix-là !

J'enrage, ma mâchoire se serre d'elle-même et je remarque que celle de Sam est tout aussi contractée. Je sens que la colère qui m'anime est forte et je crains fort de prononcer des mots que je regretterai sûrement, alors je pense qu'il est temps pour moi de quitter le magasin.

Je secoue la tête et me retourne en marchant d'un pas décidé.

Sam me rattrape et accroche mon poignet pour m'arrêter.

— Où tu vas ?! On se dispute un peu et tu prends la fuite ?!

— Oui ! Je n'ai pas envie de dire des choses blessantes alors laisse-moi !

Je me dégage de son emprise et quitte la boutique, sous les yeux ébahis de quelques clients. Sam, dont les sourcils n'ont jamais été aussi froncés, crie derrière moi :

— Tu as raison, continues de fuir et de ne pas affronter tes problèmes !

Le ton de sa voix est sec, cassant et me provoque une douleur inexplicable dans le cœur. Néanmoins, je ne me retourne pas et quitte le *Light Lux'* d'un pas rageur. L'air est frais, le ciel est blanc et ça ne m'étonnerait pas qu'il se mette à neiger, mais je m'en moque. Ma colère se charge de me réchauffer.

Je marche le long du trottoir, arpente les rues et les remonte pendant au moins trente minutes quand enfin j'arrive devant l'appartement. Mon téléphone n'a pas arrêté de sonner et j'ai fini par l'éteindre de colère, je n'ai pas envie de me fâcher pour de bon avec lui.

J'entre dans le hall et emprunte l'ascenseur pour rejoindre mon appartement. Comment une journée qui avait si bien commencé peut dérailler à ce point ? J'ai du mal à comprendre comment notre colère est montée aussi vite et j'ai surtout du mal à comprendre ce que Sam pense.

Certes, il n'a pas les mêmes moyens financiers et m'a souvent répété que vivre à mes crochets le dérangeait beaucoup — c'est d'ailleurs pour cette raison qu'il continue de travailler comme un forcené alors qu'il pourrait tout à fait arrêter — mais ne peut-il pas comprendre que j'ai envie d'utiliser mon argent pour faire plaisir aux autres ?

Ce n'est pas pour rien que j'ai fait tous ces dons aux différents orphelinats au cours de l'année, j'ai envie de me servir de mon argent ! À quoi bon le laisser dormir sur un compte ? Ce n'est pas dans la tombe que je m'en servirais !

Les portes de la cabine s'ouvrent et je déboule dans le couloir qui mène à ma porte en étant toujours aussi remontée. Pourvu qu'il ne soit pas rentré, j'ai encore besoin de temps pour me calmer. Je déverrouille la porte et l'ouvre, puis entre. Le silence règne, je n'ai pas l'impression qu'il est là. Tant mieux. Je retire mes chaussures et les envoie balader devant le placard de l'entrée, puis j'administre le même traitement à mon sac et ma veste.

Je crois qu'un verre ne me ferait pas de mal. Je me dirige vers la cuisine et attrape un verre à pied ainsi qu'une bonne bouteille de blanc. Moelleux et sucré, ça me fera du bien. Au moment où je

verse le liquide, un bruit venant de l'étage me fait sursauter.

Qu'est-ce que c'était ça ?! Nous sommes samedi et donc Emma n'est pas là. Je repose la bouteille et observe le salon, la cuisine, aucune trace des affaires de Sam, ni même sur le portemanteau, qui est chez moi ?

Je prends une gorgée de vin pour me donner du courage et attrape un couteau dans le tiroir, hors de question de monter voir ce qu'il se passe sans être armée.

J'avance lentement dans le salon et pose une main sur la rambarde de l'escalier pour tendre l'oreille. Je n'entends plus rien, mais je n'ai pas rêvé j'ai bien entendu une sorte de bruit métallique. Mon cœur bat à tout rompre et je tremble légèrement...

Bon, si je ne prends pas mon courage à deux mains maintenant, je ne le prendrai jamais. Je monte lentement, sur la pointe des pieds, et tente de ne faire aucun bruit. Je pourrais aussi appeler la police, non ? Non, c'est peut-être une fenêtre qui est restée ouverte et dans ce cas j'aurais l'air bien bête.

Quand j'arrive sur le palier, je remarque que la salle de sport est entrouverte et une lumière en sort, accompagnée de ce bruit métallique.

Je m'avance à petits pas, puis pose ma main sur la poignée et ouvre la porte d'un seul coup en brandissant le couteau en l'air et en criant.

— Putain ! Mais à quoi tu joues ?!

Sam, installé sur la machine, se redresse vivement et m'observe avec surprise. Je laisse retomber mon bras le long de mon corps et porte ma main libre contre mon cœur.

— Tu m'as fait peur !

— Je n'ai rien fait ! Qu'est-ce que tu fous avec un couteau ?!

— J'ai cru qu'il y avait un intrus ! Je n'allais pas monter sans rien pour me défendre !

— Mais ça ne va pas ?! Si ça n'avait pas été moi, tu aurais fait quoi avec ton couteau ? Tu l'aurais tué ?

— Non... Enfin, non je ne pense pas. À vrai dire je n'ai pas pris le temps de réfléchir, j'ai eu trop peur.

Sam se relève et s'approche de moi, un petit sourire au coin des lèvres.

— Tout l'immeuble est sécurisé et il y a genre trois alarmes différentes, personne ne peut entrer ici s'il n'a pas la clé et le code. Je ne te l'apprends pas, si ?

— Non... Oh, ça va ! Je suis encore traumatisée !

Je me tourne pour partir, mais Sam m'attrape le bras et me fait pivoter en face de lui.

— Excuse-moi pour tout à l'heure.

Je plante mes yeux dans les siens et murmure :

— Ce n'est pas grave...

— Si, c'est un sujet important. Il faut qu'on l'aborde plus sérieusement et sans se disputer.

— Oui, je crois que tu as raison. C'est important.

Il se penche en avant et dépose un rapide baiser sur ma bouche.

— Je prends une douche, tu vas me ranger ce couteau et on en discute ?

— Oui, ça me va.

Je descends et laisse Sam rejoindre la salle de bain tandis que je bois quelques gorgées de vin. Quitte à aborder un sujet aussi sensible et sérieux, autant le faire dans de bonnes conditions.

Je sers un verre à Sam et prépare une petite assiette de chips, de charcuterie et d'olives.

Comme ça, peut-être que ça aura moins l'air d'une mise au point.

Chapitre 21

SAM THOMPSON

Quand j'arrive au salon, Mary est installée sur le canapé, un verre de vin dans la main. Sur la table basse, je remarque une assiette d'amuse-bouches, dont un verre de whisky coca. J'enroule mes cheveux en un chignon négligé et prend place sur le canapé à sa droite, ainsi, nous ne sommes pas trop proches et pourrons discuter sans nous laisser distraire par l'attraction de nos corps.

— Je t'ai servi un verre.

— Tu crois que ça va être difficile à ce point ?

— Non, mais on a de nombreux désaccords sur ce sujet alors autant nous détendre avant de l'aborder.

— Tu as raison.

Je tends le bras et attrape le breuvage dont j'ingurgite une longue gorgée.

— Et la bouffe ?

— On ne va pas boire le ventre vide.

— Bien vu.

Je prends quelques chips dans ma main en souriant, puis je m'installe confortablement contre le dossier du canapé.

— Bon... On la repousse depuis longtemps cette discussion, on trouve toujours le moyen de passer à autre chose sans soulever le problème.

— Tu as raison.

— Le problème c'est que ni toi ni moi ne sommes disposés à nous mettre à la place de l'autre.

Je reprends une gorgée de whisky et Mary plonge ses lèvres dans son vin sans me lâcher des yeux.

— J'essaye de le faire, je comprends que ça ne soit pas évident pour toi de me voir dépenser autant d'argent et je comprends aussi que tu ne réalises peut-être pas le montant réel de ma fortune.

— J'ai un peu de mal, oui.

En même temps, j'ai toujours travaillé pour le salaire classique et j'ai jonglé avec des factures qui s'accumulaient parfois, je n'arrive toujours pas me faire à l'idée qu'elle possède autant d'argent. Pour moi les millions ou les milliards, on ne les voit qu'à la télé, on les entend aux infos, mais on ne côtoie personne avec une telle richesse. Ça semble à la fois utopique et irréel.

Alors quand un gars comme moi, qui a toujours compté jusqu'au dernier centime dans ses poches, se retrouve du jour au lendemain propulsé dans une vie où trois cents euros ça ne compte pas... ça fait tout drôle.

— Je ne sais pas comment te le faire comprendre...

Mary fronce les sourcils, puis elle se lève et revient une seconde plus tard avec sa tablette dans les mains. Elle s'assied à côté de moi, boit une gorgée de vin et pose son verre sur la table tout en ouvrant une appli.

— Regarde.

Elle me met la tablette devant le nez et les chiffres que je lis me donnent instantanément le tournis.

— Ça, c'est mon compte principal, il n'y a que cent mille euros, car le plafond n'est pas très élevé.

— Que cent mille ?

— Oui. Regarde en dessous. J'ai dix autres comptes...

Elle fait défiler lentement la page et mon cœur manque un battement, je n'avais jamais vu ces chiffres tout simplement, car je jugeais intrusif de jeter un œil à ses comptes.

Mary clique sur l'un des comptes et le détail de ce dernier s'affiche. En plus des zéros qui n'en finissent plus, il y a également de nombreux virements en sa faveur.

— Ça, c'est ce que génère mon argent en étant simplement sur ce compte. Sans rien faire.

— Mais les montants sont ahurissants !

— Oui... c'est pour ça que trois cents euros en moins, ça ne se voit même pas. Ils sont remboursés une minute après. Enfin, en quelque sorte.

Je passe une main sur ma barbe et lui rends la tablette.

— Ce n'est pas vraiment ça le problème, je sais que ça ne te mettra en difficulté. Ce qui me dérange c'est que les enfants pensent que l'argent tombe du ciel, que c'est... facile.

J'ai du mal à mettre des mots sur le sentiment, mais je crois qu'au fond il est réellement question de ça. Je n'ai pas envie qu'ils s'habituent à recevoir des présents aux montants exorbitants…

Bon… là, il n'est question que de mes neveux, mais qu'en sera-t-il lorsque nous déciderons d'avoir des enfants ? Oh, je sais que ce n'est pas à l'ordre du jour, mais si nous ne réglons pas ça maintenant, nous risquons de ne jamais le faire. Et que se passera-t-il ? Nos enfants seront pourris gâtés, nageront dans le luxe et ne se rendront pas compte de la vraie valeur de l'argent ?

Mary prend ma main et d'une voix douce, elle me dit :

— Je vois où tu veux en venir… je ne sais pas s'ils s'en rendent compte, ils sont encore jeunes. J'ai juste envie de leur faire plaisir, mais je suis certaine qu'on peut trouver un juste milieu.

— Oui, je crois aussi. Mary, j'ai une question à te poser.

— Je t'écoute…

Elle reprend une gorgée de vin et je vide mon verre d'un seul trait, le courage liquide, hein…

— Le jour où… toi et moi, on aura des enfants…

Mary se crispe instantanément et a un léger mouvement de recul lorsque je prononce ce mot. J'ai l'impression d'avoir fait une grosse boulette, mais je ne peux plus reculer, je dois lui dire ce que j'ai sur le cœur.

— N'aie pas peur, je ne te demande pas de nous y mettre maintenant. Je dis juste que… le jour où ça arrivera. Je serais du même avis. Je voudrais leur offrir le meilleur, il n'y a aucun doute possible là-dessus, mais… dans la mesure du raisonnable.

— Attends, Sam, pourquoi tu me parles d'enfant, là ? Ce n'est pas la question…

— Oui, je sais. Ne prends pas peur, s'il te plaît.

J'attrape ses mains et embrasse ses phalanges avant de poursuivre :

— C'est juste que je voulais que tu saches ce que j'en pense c'est tout. On en reparlera au moment voulu, bien sûr. Mais… voilà, tu sais.

— Sam… Je…

Terriblement mal à l'aise, Mary se met à s'agiter et jure entre ses dents avant de vider son verre et de se lever pour le remplir à nouveau. L'expression sur son visage ne me dit rien qui vaille…

— Je ne peux pas avoir d'enfants… Sam, je ne peux pas tomber enceinte.

Mon cœur s'arrête momentanément de battre, il s'accélère ensuite et j'ai l'impression de perdre pied.

— Qu'est-ce que… quoi ?

— L'accident… Je t'ai dit que j'avais eu la cheville cassée et quelques égratignures, mais ce n'était pas tout. J'ai fait une sorte d'hémorragie interne, j'ai été opérée et une gynécologue des années plus tard m'a dit que mes trompes étaient foutues…

— Tu…

Mes bras tomberaient par terre s'ils n'étaient pas aussi bien accrochés à mon corps. Je

comprends un peu mieux son traumatisme, il était bien sûr question de la mort de sa sœur, mais pas uniquement. Cet accident lui a coûté beaucoup et la carapace ne servait pas uniquement à se protéger de l'amour…

— Tu ne m'en as jamais parlé…

— Je suis désolée… Je n'ai jamais trouvé le bon moment, j'apprends à vivre avec depuis si longtemps que j'ai juste… accepté l'idée.

— Mais attends, pourquoi tu prends la pilule alors ?

— Pour réguler mes cycles, mais ça n'a aucun impact sur ma fécondité.

Je m'affaisse dans le canapé, tandis que Mary vide son verre d'un trait, puis le remplit de nouveau. Elle attrape la bouteille de whisky et me sert également, je l'attrape avant même que le coca ne soit versé et le vide en une gorgée.

— Je suis désolée, Sam. J'aurais dû trouver le moyen de t'en parler…

— Ce n'est pas grave… Je…

Je me passe une main sur le visage et me frotte les yeux. Si, c'est quand même grave, du moins ça me fait mal. Je l'aime plus que tout, je suis convaincue qu'elle est la femme de ma vie et il est évident que je me voyais déjà élever un enfant, ou plusieurs, avec elle. Apprendre que ça ne sera pas possible me brise le cœur.

— Je pensais que…

Mary s'avance vers moi et s'assied sur le canapé, elle passe son bras dans mon dos et enroule ses doigts aux mèches de mes cheveux qui dépassent.

— Je suis sincèrement désolée... Si ça te tient vraiment à cœur, je suis prête à refaire des tests et à engager des procédures pour adopter.

— Je ne veux pas adopter, Mary... Je veux un bébé à nous, le fruit de notre amour, un mélange de toi et moi.

— On fera de nouveaux tests alors, on verra ce qui est possible ou pas... Mais laisse-moi le temps, s'il te plaît.

Elle colle sa tête sur mon épaule et je caresse son bras avec douceur et tendresse tout en fixant le mur. Le silence s'étire entre nous, il me permet de rassembler mes pensées et de réaliser ce que je viens d'apprendre. C'est une information d'une importance capitale, même si je ne lui en veux pas de ne pas m'en avoir parlé, je dois avouer que ça me fait mal de l'apprendre de cette manière. Nous avons passé une année ensemble, nous nous sommes découverts, livrés l'un à l'autre et je ne comprends pas comment elle a pu garder ça pour elle. C'est tellement important...

Sans faire grandir l'espoir que je sens arriver en moi, je lui demande :

— Tu penses qu'il pourrait y avoir une solution ?

— Aucune idée, je n'ai pas reparlé de ça avec ma gynécologue depuis des années...

— D'accord...

— Je ne veux pas que tu te fasses de faux espoirs, je te promets de refaire des examens pour en savoir plus, mais ça ne veut pas dire que ça fonctionnera. Si mes trompes sont trop atteintes… il n'y aura pas de solution.

Je récupère sa main et la porte à ma bouche en hochant la tête. Je ne veux pas me faire d'idées, je ne suis d'ailleurs pas prêt à devenir père, mais cette saloperie d'espoir commence déjà à s'imposer dans mon esprit. Il faudrait que je songe à devenir un peu plus rationnel… ça ne me ferait pas de mal. Si un médecin spécialisé lui a dit qu'elle ne tomberait pas enceinte, pourquoi l'image d'elle avec le ventre rond s'impose à moi ? Pourquoi ai-je l'impression que rien n'est perdu ?

La conversation a pris une tournure inattendue et même si je n'ai pas encore eu l'occasion d'exprimer tout ce que j'avais à dire par rapport à l'argent, je me sens un peu plus en phase avec Mary. Je suis prêt à me mettre à sa place, je suis prêt à faire des concessions et j'ai la nette impression qu'elle aussi le fera.

Si nous réussissons à trouver le juste équilibre, alors tout se passera à merveille. J'en suis certain.

Chapitre 22

MARY JONES

Installée derrière mon bureau, je laisse aller mon crayon et donne les derniers détails au manteau que je suis en train d'esquisser. La musique résonne dans la pièce et la voix exceptionnelle de Mia Burton ne cesse de m'inspirer, je me sens portée par ce que je fais ! Dessiner pour moi, sans obligations ni délai à tenir m'épanouit à un point que je n'imaginais même pas être possible. Je me sens enfin à ma place et j'ai l'impression de respirer maintenant que les contraintes de la gestion de l'entreprise ne reposent plus uniquement sur mes épaules. C'est précisément ce qui manquait à ma vie professionnelle : du temps pour me réapproprier ma passion.

Depuis que j'ai laissé la collection aux mains de Christopher, ainsi que la gestion de plusieurs contrats à Lise et Marion, je me sens nettement mieux. J'ai du temps pour me redécouvrir, du temps pour être avec Sam et surtout j'ai le temps de laisser ma passion prendre la place qu'elle mérite, comme autrefois.

Mon assistant abat un travail formidable et aura bien mérité sa prime ainsi que sa promotion. Puisque les dernières semaines m'ont fait autant de bien, je suis en train de réfléchir à un moyen de prendre encore plus de temps pour moi.

En partageant la gestion de la boîte avec Christopher de manière permanente et en confiant de nombreuses responsabilités à Lise et Marion — qui ont également fait leurs preuves en travaillant auprès de moi —, je serai beaucoup plus libre et ça me permettrait de me concentrer sur des choses plus essentielles. Comme Sam.

Cette fin d'année ne nous a pas épargnés et même si je pensais réellement que nous étions un couple solide, quelques zones d'ombres persistaient et je suis heureuse d'avoir pu les éclairer. Je n'aurais jamais dû tenter de lui cacher mon infertilité, ce n'était pas correct du tout de me dissimuler derrière des excuses sans aucun sens. Même si je trouvais que ce n'était jamais le bon moment, j'aurais dû le trouver, le provoquer. Si on attend trop longtemps, la vérité peut devenir bien trop difficile à entendre.

Même si nous n'avons pas encore reparlé de ça, je sais que l'idée de ne pas pouvoir avoir d'enfant le travaille beaucoup, il ferait un excellent père et je me sens légèrement coupable de le priver de ça. J'ai fait beaucoup de recherches sur ma condition récemment et j'ai lu sur le Net que les trompes pouvaient parfois se réparer seules, comme si le corps donnait une seconde chance. Au fond de moi, j'espère que mon corps sera enclin à nous donner cette chance le moment voulu. Mais pas tout de suite…

La menace de la diffusion de la vidéo qui planait au-dessus de nos têtes malgré l'arrestation d'Angela a également été éradiquée. Toutes les vidéos qu'elle a piratées de *Jones Entreprises* ainsi que les documents confidentiels nous ont été restitués grâce au professionnalisme de Catherine Morgan. Nous avons donc supprimé définitivement la vidéo de nos ébats, non sans y jeter un petit coup d'œil avant. Je dois avouer que malgré la faible qualité, elle valait tous les films pornos du monde et nous a fait beaucoup d'effet…

La sonnette retentit et me tire de mes pensées salaces brusquement. Je me lève, mets un peu d'ordre dans mes carnets et quitte le bureau du rez-de-chaussée pour ouvrir la porte. Il s'agit sûrement d'Emma, elle devait venir exceptionnellement aujourd'hui pour m'aider à préparer les chambres pour nos familles.

— J'arrive, Emma !

Mes parents ainsi que ceux de Sam arriveront demain, tandis que Chloé, Ana, Peter et les enfants seront là lundi. Je suis déjà impatiente de recevoir ce petit monde chez nous pour Noël ! L'arbre encore nu qui trône au beau milieu du salon doit être aussi impatient que moi d'être décoré par nos deux familles, la fête s'annonce mémorable !

J'ouvre la porte et tombe nez à nez avec mon médecin, je me décompose et manque de tomber à la renverse. Je lui demande en posant la main sur mon cœur :

— Docteur ? Qu'est-ce qu'il se passe ?

— Bonjour, Mademoiselle Jones, je peux entrer une minute ?

— Euh... oui, oui, bien sûr...

Je me décale et le laisse passer, mais l'envie de le secouer pour qu'il me dise ce qui cloche ne me manque pas. Pour que nous soyons sûrs que tout va bien chez moi depuis ma crise de surmenage, j'ai refait des analyses de sang il y a deux jours et je m'attendais simplement à recevoir un coup de fil. Comme d'habitude. Le fait qu'il soit là, chez moi, ne me rassure pas du tout.

Que va-t-il m'annoncer de si terrible ?

— Votre compagnon n'est pas là ?

— Non, pourquoi ? Vous commencez à m'inquiéter... Qu'est-ce que j'ai ?

Ma tête commence à tourner et je me sens soudainement prise d'un vertige. Oh, mon Dieu ! Il va m'annoncer une maladie grave ! Oh non, je ne suis pas préparée à ça ! Je ne peux pas infliger ça à mes parents ou à Sam...

— Allons nous asseoir, s'il vous plaît.

— Oh, mon dieu... Je suis malade, c'est ça ?!

Les larmes montent dans mes yeux et me brûlent les paupières, mon cœur semble déterminé à sortir de ma poitrine et je tremble des pieds à la tête. Le médecin pose une main réconfortante sur mon épaule et me sourit :

— Non, vous allez très bien, mais s'il vous plaît...

Pourquoi sourit-il ? Il ne va pas donner les résultats d'une prise de sang à tous ses patients, de qui se moque-t-il ? Il semble déterminé à me faire asseoir ce qui accentue ma panique, j'ai vu suffisamment de films pour savoir que ce n'est pas bon signe ! Et puis... le médecin d'Ana avait fait la même chose avec elle...

Difficilement, je mets un pied devant l'autre et nous prenons place sur les canapés. J'inspire et expire pour tenter de me calmer, mais j'ai bien trop peur de ce qu'il va m'annoncer. Je remarque qu'il tient une enveloppe entre les mains, sûrement un plan de traitement contre le cancer ou un truc du genre. Oh non, par pitié, pas deux cancers dans la famille... Comment réagiraient mes parents ? Et Sam ? Et Ana, Chloé ? Oh, mon Dieu ! Et les enfants ?!

— Vos analyses montrent un taux élevé de Béta-HCG, vous savez ce que ça signifie ?

Comment pourrais-je le savoir ?! Je ne suis pas médecin ! Son suspense commence à me tuer à petit feu et risque de m'emporter plus vite que la maladie qui ronge déjà sûrement mes organes les uns après les autres !

— J'ai un cancer ?

— Non !

Il secoue la tête en riant et sort de l'enveloppe une feuille qu'il me tend.

Évidemment, je ne percute absolument rien aux nombres qui s'affichent sous mes yeux et je continue de le regarder comme s'il était venu d'une autre planète.

— Félicitations, Mademoiselle Jones, vous êtes enceinte.

L'air se fait rare, ma tête tourne et je sens la chaleur me monter aux joues. Qu'est-ce qu'il vient de dire ?! Non, il n'a pas dit ça...

Mon cœur qui bat à un rythme effréné risque de me briser les os d'une seconde à l'autre, j'ai l'impression que tout autour de moi s'est arrêté. C'est impossible. C'est médicalement impossible ! Il doit y avoir une erreur, il a mal lu les chiffres et va s'excuser d'une minute à l'autre...

Mais il ne s'excuse pas et garde le sourire. Pourquoi il ne me dit pas qu'il y a une erreur ? Il pourrait tout aussi bien me dire qu'il s'agit d'une caméra cachée... non ? C'est bien de ça qu'il est question en fait, d'une blague, hein ?

La porte dans mon dos claque et la voix qui retentit me fait sursauter.

— Vous avez dit enceinte ?!

Chapitre 23

MARY JONES

L'envie de vomir me reprend, je mets la main devant la bouche et rabats la couverture neuve sur le lit tout en tentant de me contrôler. La chambre est prête, tout est en ordre. L'odeur de draps neufs fait remonter la bile dans ma gorge et je me précipite aux toilettes les plus proches.

Non, mais ce n'est pas vrai ! Je ne vais quand même pas me vider de ma substance pendant les huit prochains mois !

Les larmes inondent mes joues, ma gorge me brûle, je n'en peux déjà plus !

— Ça va aller, Mary ?

J'essuie ma bouche avec la serviette qu'Emma me tend et hoche la tête en m'affalant sur le sol.

— Je crois...

— C'est normal les premiers mois, mais ça va passer.

— Tu crois ?

— Oui, fais-moi confiance.

Elle s'approche de la vasque et mouille un gant, qu'elle sort de je ne sais où, avant de me le poser sur le front. La fraîcheur me saisit, mais apaise bien vite mon mal être.

— Bon sang... Comment je vais annoncer ça à Sam ?

— Tout simplement. Je suis sûre qu'il sera très content.

— Oui, sans doute... mais on n'est pas prêts ! Je n'ai aucune idée de ce dont un bébé a besoin, je ne sais même pas si je serais capable de le sortir de là...

Je montre mon ventre en grimaçant et Emma pouffe de rire. Elle s'agenouille à côté de moi et me prend la main, son regard réconfortant m'enveloppant de tendresse.

— Tu sais, s'il est rentré il faudra bien qu'il sorte. Les femmes le font depuis des millénaires, je ne vois pas pourquoi toi tu n'en serais pas capable.

— Oui, mais l'entrée est plus facile que la sortie...

— Ça va aller, Mary. Tout se passera bien, vois ça comme une bénédiction.

Je me relève péniblement et enlace rapidement Emma, qui m'épate de jour en jour. Elle est d'une sagesse impressionnante et je remercie la vie de l'avoir mise sur mon chemin. Je ne sais pas ce que je ferais sans elle.

— Va te prendre un verre de jus d'orange, ça va te requinquer. Je vais finir ici pendant ce temps.

— Tu es sûre ? Je veux t'aider.

— Tu ne me payes pas pour faire mon boulot à ma place, si ?

Je souris et quitte la pièce tandis qu'une douce chaleur se répand dans mon cœur. Avec nostalgie, je passe devant les pièces qui servent désormais de chambres, mais qui abritaient il y a un an encore des pièces bien différentes.

Le spa est devenu la chambre attitrée de Chloé — qui devra la partager pour une fois avec un de ses neveux —, la bibliothèque celle d'Ana et Peter où j'ai fait rajouter un lit superposé pour deux de leurs enfants, le bureau du haut sera celle de mes parents et j'ai également fait transformer au rez-de-chaussée un second dressing en chambre pour les parents de Sam. Tout le monde ici a sa place et seront accueillis les bras ouverts.

Tout a tellement changé... L'année dernière, je n'aurais jamais imaginé me priver de ces pièces qui comptaient tant pour moi et pourtant aujourd'hui, je regarde les nouvelles chambres avec tendresse.

Machinalement, je pose ma main sur mon ventre où allons-nous le mettre ? Il faudra lui préparer une chambre, lui acheter des vêtements, des jouets, des meubles... Où dormira-t-il ? Nous n'allons tout de même pas priver l'un de nos proches de chambre, comment ferons-nous s'ils décidaient de tous venir en même temps comme c'est le cas cette semaine ?!

Je descends les escaliers lentement et l'idée prend de la place dans ma tête, serait-il temps de déménager ? Après tout, j'ai acheté cet appartement lorsque j'étais célibataire et que j'y passais en coup de vent. Les nombreux changements de décoration ne changeront rien au fait qu'il ne me correspond plus. Peut-être que ce bébé s'est installé dans mon ventre pour me faire comprendre qu'il était temps de tirer un trait sur mon passé de

femme d'affaires ? C'est quand même étrange qu'il se pointe juste au moment où je décide de lever le pied. Sachant que je ne l'ai jamais fait depuis l'ouverture de ma boîte. Serait-ce un signe du destin ?

Je récupère un verre et le remplis de jus d'orange sucré, que j'avale presque d'une traite. La porte s'ouvre et Sam apparaît, les bras chargés de courses.

Mon cœur s'emballe, je n'ai toujours pas trouvé comment lui annoncer la nouvelle ! Mes mains se mettent à trembler et je tente de me contrôler, il va très vite comprendre qu'il s'est passé quelque chose…

Il pose les sacs sur la table, le sourire aux lèvres, et retire son manteau.

— Il y avait un monde fou ! Mais j'ai réussi à prendre tout ce qu'il y avait sur la liste.

— Ah oui ?

— Oui, même les pinces de crabe.

Je tente de faire semblant d'être détendue, mais dans ma tête c'est un véritable champ de bataille. Les idées se bousculent entres elles et je n'arrive pas à y voir clair, comment je lui annonce ?!

Sam commence à sortir les articles et je l'aide tout en essayant de trouver un moyen. Je ne peux pas lui dire comme ça, il pourrait mal le prendre. Je ne peux pas lui préparer une petite carte non plus, je remue déjà autant qu'un gamin qui veut faire pipi et je ne serais pas capable de tenir ma langue bien longtemps.

Du coin de l'œil, je remarque l'enveloppe contenant mes résultats que j'ai laissée sur la table basse. J'imagine que le mieux c'est de le faire comme… si on arrachait un pansement ?

— Mon cœur… il faut que je te parle.

Je ravale ma salive et Sam relève la tête vers moi, l'inquiétude tiraille déjà ses traits.

— Qu'est-ce que tu as ? Tout va bien ?

— Oui, viens.

Je lui tends la main et l'attire vers les canapés, où nous prenons place tous les deux.

— Le docteur est venu me donner les résultats de ma prise de sang tout à l'heure.

— Oh, mon Dieu ! Tout va bien ?

Son visage se tend, son corps entier aussi d'ailleurs et je pose une main réconfortante sur sa joue, tandis que les larmes montent dans mes yeux.

— Je suis enceinte, Sam.

Comme s'il avait été mis sur pause, Sam ne bouge plus, il ne parle plus et ne réagit plus. Son corps entier est totalement immobile et je ne décèle rien dans ses yeux qui puisse me faire savoir s'il le prend bien ou pas.

Après ce qui me semble durer une éternité, il bégaye :

— T-tu es… Qu-quoi ?

— Enceinte. Je suis désolée, je ne pensais pas que c'était possible…

— Mais… ne t'excuse pas !

Sans que j'y sois préparée, il m'attire contre lui et me serre dans ses bras avec beaucoup d'amour. Les larmes coulent sur mes joues et je ne les contrôle plus, sa réaction me touche bien plus que ce que je ne pouvais imaginer. Mais, qu'est-ce que j'imaginais en fait ? Je ne le sais même pas.

J'étais tellement partagée entre la panique et la surprise que je ne me suis même pas attardée sur la joie. Pourtant, il semblerait que ce soit le sentiment le plus important, non ? J'aime Sam de tout mon cœur, je sais qu'il m'aime de la même manière alors pourquoi me préoccuper uniquement des questions de logistique ?

Sam me tient toujours contre lui et caresse mon dos de sa main, ce qui m'apporte une dose d'amour incroyable.

— Ce n'est pas ce qu'on avait imaginé, mais je dois avouer que tu me combles de joie, Mary.

Il relâche son étreinte, prend ma tête entre ses mains et m'embrasse avec passion.

— Je t'aime, ma chérie. Je t'aime plus que je n'aie jamais aimé…

Les larmes roulent sur mes joues, le bonheur dans sa forme la plus pure m'envahit et fait battre mon cœur encore plus fort. Les mains chaudes de Sam effacent mes larmes et sa voix suave me fait vibrer.

— Tu seras une maman incroyable.

Il pose sa main sur mon ventre, qui n'a pas du tout changé entre ce matin et qui est vraiment très plat, et approche sa tête.

— Et toi tu seras le plus beau bébé du monde !

Je pouffe de rire et lui fais remonter la tête à mon niveau.

— Doucement, Monsieur Thompson, ne nous emballons pas. Il faut d'abord qu'il réussisse à se développer dans mon ventre et que je le sorte de là.

— Il ?

— Le bébé.

Il plisse les yeux et m'embrasse avec légèreté, nos rires remplissant très vite le salon. Emma arrive et s'excuse :

— Je suis désolée de vous interrompre, mais j'ai terminé en haut. Je peux vous aider avec les courses ?

Sam se lève et s'approche de l'îlot central, entièrement recouvert de provisions.

— Non, je vais m'en occuper. En revanche, je tiens à ce qu'on trinque tous les trois à cette grande nouvelle !

Je les rejoins dans la cuisine et m'assieds sur un tabouret, après que Sam m'ait formellement interdit de faire de gros efforts. S'il commence à me ménager comme ça, je sens que les prochains mois vont être longs. Mais je ne suis pas contre un peu de douceur, je dois avouer que je ne me sens pas au mieux de ma forme et la fatigue me brûle les yeux tout autant que cette envie de vomir qui revient.

— Vous pensez l'annoncer à vos familles pour Noël ?

Les yeux de Sam s'illuminent autant que les guirlandes qui scintillent dans le salon, il hausse les épaules en souriant :

— Ce serait magnifique, non ? À coup sûr le plus beau cadeau de cette année.

— Je ne suis pas contre, mais dans ce cas il va falloir prévoir une belle annonce et faire une écho d'abord. Il faut s'assurer que tout va bien avec le bébé avant de leur dire, qu'est-ce que tu en penses ?

— Je suis d'accord. Mais comment on va réussir à avoir un rendez-vous rapidement ? Tu tiendras le coup toute la semaine sans savoir ?

— Non, c'est pour ça qu'on va y aller maintenant.

Sam écarquille les yeux de surprise et demande :

— Tu as pris rendez-vous ?

— Non, mais quand on s'appelle Mary Jones, on n'a pas besoin de rendez-vous.

Je pouffe de rire à la fin de ma phrase et Sam secoue la tête, à la fois mort de rire et désespéré.

— Tu vas me la sortir souvent celle-là ?

— Je crois bien que oui.

— Si ça nous permet de voir notre bébé aujourd'hui, alors j'accepte !

Sam me prend dans ses bras et se met à rire. La joie émane de lui par tous les pores de sa peau, de son sourire à ses yeux brillants, de ses gestes tendres à ses paroles réconfortantes. Aurais-je pu rêver mieux pour cette fin d'année si particulière ? Non, je ne pense pas.

À cet instant précis, je crois que je ne pourrais pas être plus heureuse, même si c'était loin d'être ce à quoi j'aspirais, la venue de ce bébé me réjouit énormément.

Comme quoi, c'est souvent quand on s'y attend le moins que les meilleures choses arrivent.

Chapitre 24

SAM THOMPSON

Les rires résonnent dans le salon, les verres tintent les uns contre les autres et je ne dissimule pas la joie qui m'envahit devant cette scène merveilleuse. Que nos deux familles soient ainsi réunies pour Noël tombe réellement au meilleur moment possible, leur annoncer ainsi la grossesse de Mary m'apparaît comme la plus belle surprise que l'on puisse leur faire. Et quelle surprise ! Je crois que personne ici n'est préparé à ce qui les attend.

Les enfants accrochent les dernières boules et je prends place dans le canapé, juste à côté de ma grande sœur. Je pointe du doigt les nombreuses décorations argenté et bleu qui ornent cet arbre de trois mètres de haut et m'exclame :

— Il a de la gueule ce sapin !

— Oh oui, vraiment très beau ! Les enfants sont si contents !

Je porte mon attention sur Louis, James et Zoé, qui s'affairent maintenant à enrouler des guirlandes autour des pieds de la table de la salle à manger. Leurs rires cristallins et leurs yeux qui pétillent m'avaient tellement manqué ! L'idée que l'année prochaine le nombre d'enfants soit plus élevé grâce à Mary et moi fait agrandir mon sourire.

— Eh ben ! Qu'est-ce que tu as ? On dirait que tu vas chouiner !

Chloé s'installe à ma gauche, un gros bol de chips entre les mains et demande :

— Pourquoi il va chouiner ? Qu'est-ce qu'il a ?

— Mais je ne vais pas pleurer arrêtez toutes les deux !

Je prends le bol de chips des mains de ma petite sœur et commence à en manger quand Ana me le pique à mon tour.

— Laissez manger la cancéreuse, j'ai besoin de reprendre des forces !

Ma mère, qui finit d'accrocher des décorations en haut du sapin avec la mère de Mary, se retourne et réprimande ma sœur :

— Ana ! Ne parle pas comme ça !

— Mais quoi ? C'est vrai, non ? J'ai un cancer, je suis une cancéreuse et j'ai besoin de forces.

— Ana ! Je n'aime pas t'entendre parler comme ça. Et je suis sûre que les enfants non plus !

Ma sœur lève la tête et la tourne vers ses enfants, la bouche pleine de chips, avant de répondre :

— Ils sont trop occupés à emmêler les guirlandes, ils ne m'entendent pas.

Je reprends le bol et pioche dedans.

— N'empêche que nous on t'entend.

— Ouais et je n'aime pas non plus quand tu parles comme ça.

Chloé attrape le récipient et fourre une quantité de chips ahurissante dans sa bouche. Mary arrive, sans avoir suivi un seul mot de la conversation, et prend une poignée de chips en demandant :

— Qui a mal parlé ?

— Ana, comme d'hab' !

Mary passe devant nous et s'installe à la droite d'Ana en la poussant légèrement avec les fesses.

— Qu'est-ce que tu leur as dit ?

— J'ai juste dit que j'étais une cancéreuse qui avait besoin de reprendre des forces. Y a pas mort d'homme !

— Ben oui, c'est vrai ! Et alors ?

Ana tend le bras au-dessus de moi et reprend le bol de force à Chloé, décidément, il ne va pas rester plein longtemps ce truc.

— Vous n'avez pas d'humour, c'est terrible !

Notre mère se tourne vers nous, les mains sur les hanches et nous demande :

— Vous n'avez pas l'impression de nous laisser tout faire ?

Ana, la bouche pleine de chips et le menton recouvert de sel, montre le foulard sur sa tête et dit :

— J'ai un cancer, je suis dispensée !

Pendant quelques secondes, nous nous regardons tous la bouche entrouverte et sous le choc de ce qu'elle vient de dire. Puis, en chœur, nous explosons de rire et même ma mère se laisse aller avec nous. Seule la mère de Mary se contente d'un petit sourire en coin et s'installe finalement dans le deuxième canapé.

— Laisse-les finir, Viviann, on en a assez fait.

— Tu as raison, j'ai bien envie de…

Ma mère s'approche d'Ana et lui prend le bol de chips des mains.

— ... manger quelques chips.

À l'unisson, nous rions encore et attirons finalement l'attention des enfants qui se précipitent devant le sapin.

— Ben, ce n'est pas fini ?

— Ouais, elles sont où vos guirlandes ?

Je secoue la tête incite mes sœurs à se lever, puis Mary se joint à nous. Tous les quatre, nous terminons de décorer le sapin dans la bonne humeur et en faisant voler quelques paillettes au passage.

Mon père ainsi que celui de Mary reviennent du magasin en compagnie de Peter et les trois hommes découvrent finalement la décoration quasiment terminée. Le père de Mary s'approche et passe un bras autour des épaules de sa fille :

— Wouaw, vous avez fait du bon boulot !

— Oui, il est vraiment magnifique ce sapin.

Mon père le contemple en souriant, puis il se penche vers le carton de décorations et sort l'étoile scintillante.

— Mais il manque un détail !

Ma petite sœur frappe dans ses mains et demande :

— Qui la mettra cette année ?

Instinctivement, mon regard se pose sur Ana, je trouve qu'elle l'aurait bien mérité compte tenu de l'année qu'elle vient de passer, mais ne serait-ce pas continuer de la traiter comme une malade ?

Typiquement l'attitude dont elle nous a demandé de nous défaire.

Mon père hésite une seconde, puis il tend le bras vers Mary et lui propose de l'accrocher.

— Pour ton premier sapin, je pense que cet honneur te revient de droit.

Mary est gênée, elle attrape l'étoile et remercie vivement mon père avant de se tourner vers moi.

— Tu vas m'aider ? Je n'arriverai pas en haut toute seule.

Je hoche la tête, m'avance vers le sapin et passe mes mains autour de ses hanches. Peut-être que finalement ce n'est pas une si bonne idée que ça de la porter comme ça… Mince, je n'avais pas pensé à ça, il faut quand même faire attention à son ventre. Même s'il est encore tristement plat, il renferme le fruit de notre amour et je ne tiens pas à faire quelque chose de mal.

Elle se penche vers moi et murmure à mon oreille :

— Attrape mes cuisses, je me tiendrai à ton cou.

— OK.

Je m'exécute et Mary se tient fermement à moi tout en tendant un bras fébrile vers le sapin, qui mesure tout de même trois mètres de hauteur. Heureusement que j'en fais quasiment deux, au moins je n'ai pas besoin de la faire virevolter trop haut.

Ma mère applaudit une fois l'étoile en place et la famille au complet l'accompagne très vite.

Je repose Mary sur le sol et dépose un baiser furtif sur ses lèvres avant d'admirer le sapin en la tenant contre moi.

Ce Noël sera parmi les plus beaux de ma vie, je le sens.

La table est littéralement recouverte de nourriture et je crains fort que mon estomac ne soit pas capable d'encaisser la moindre bouchée supplémentaire. Quand nos mères sont réunies, elles ne font pas les choses à moitié ! Elles nous ont régalés ce soir de multiples entrées et plats, tous plus succulents les uns que les autres. Je m'adosse à la chaise tandis que Mary, qui n'avait pas grand appétit depuis samedi, se sert de la tarte au chocolat pour la troisième fois.

— Eh bien, ma fille ! Je suis contente de te voir manger autant !

Tout le monde rit et passe un super moment autour de cette table, l'envie ne me manque pas de leur annoncer la bonne nouvelle, mais nous avons prévu une petite surprise à dévoiler uniquement le soir du vingt-quatre, soit dans quatre jours. Il va falloir que l'on tienne jusque-là ! Ou plutôt que je tienne, puisque je suis le plus impatient des deux.

La grossesse est déjà avancée d'un mois et tout se passe bien, aucun problème n'a été décelé à l'échographie et j'ai donc du mal à garder ce merveilleux secret pour moi.

J'attrape mon verre d'eau quand Mary se penche vers moi :

— Tu sais à quoi je pense ?

Je souris malgré moi et murmure :

— Tu as envie de leur dire ?

— Non, non ! Je veux attendre Noël, ils ouvriront les paquets. Non, je pensais à autre chose...

— À quoi ?

— Et si on déménageait ?!

Je manque de recracher l'eau qui se trouve dans ma bouche. Si je m'étais seulement attendu à ça ! Enfin, si d'un côté je l'espérais fortement, mais je n'aurais jamais cru qu'elle y penserait d'elle-même !

— Tu es sérieuse ?

— Oui, ça ne te plairait pas ?

— Si ! J'y pense depuis quelque temps, mais... pourquoi maintenant ?

— Parce que regarde...

Elle donne un petit coup de tête en direction de la table, mais je ne suis pas sûre de comprendre où elle veut en venir. Certes, les sourires de nos deux familles font plaisir à voir, les enfants qui rigolent et jouent dans le salon est la plus belle des images, mais je ne vois pas le rapport.

Je hausse un sourcil et attends qu'elle m'en dise plus.

— Je veux nous réunir plus souvent. On manquera bientôt de place et j'aimerais avoir une

maison qui puisse accueillir tout le monde, n'importe quand.

— Une maison ? À Orkney, on n'en trouvera pas... Ici, il n'y a que des buildings.

— Raison de plus pour changer de ville...

Cette fois-ci, ce n'est pas mon eau qui menace de sortir par ma bouche, mais mon cœur ! Changer de ville ? Mais à quel moment a-t-elle eu cette idée folle ? Je sais qu'elle a décidé de prendre du temps pour elle, mais elle retournera tout de même travailler comme avant et alors que se passera-t-il ?

— Et ton boulot ?

— Je m'organiserai, quitte à ouvrir un bureau dans la ville qu'on choisira, peu importe, je n'y ai pas encore réfléchi. Pour le moment tout ce qui compte c'est nous. J'ai envie qu'on démarre cette nouvelle vie ailleurs, dans un endroit plus adapté. Tu en penses quoi ?

Je plaque ma bouche contre la sienne avec passion et passe ma main dans ses cheveux.

— Je suis plus que partant, ma chérie.

— Eh oh ! Les tourtereaux ! Vous avez pas bientôt fini de vous lécher les amygdales ! Y'en a qui mangent !

La remarque de Chloé nous fait tous exploser de rire et je relâche donc la femme que j'aime en secouant la tête.

— T'es terrible, Chlo', tu le sais ça ?

— Ouep' et c'est pour ça que tu m'aimes, frangin !

De nouveau, nous rions et je profite de cet instant qui me réchauffe le cœur à un point inimaginable. Démarrer une nouvelle vie avec Mary, je suis plus que partant ! Je la suivrais au bout du monde si elle me le demandait !

Dans l'attente d'en reparler et de mettre ce beau projet en place, nous terminons la soirée dans la joie et les rires.

Allez, plus que quatre jours avant que les surprises pleuvent. Pour tout le monde.

Chapitre 25

MARY JONES

Je remonte la fermeture de ma robe, une des dernières nouveautés de *Jones Entreprises*, et ajuste les manches. Le fourreau de velours rose-pastel descend le long de mes jambes et termine sa course au ras du sol, tandis que les manches longues sont jointes entre elles dans mon dos de façon à former une sorte de petite cape. J'adore ! L'originalité est bien présente, le tissu est fluide et la couleur est juste parfaite ! Christopher a un œil incroyable et je suis très touchée qu'il m'ait préparé une tenue spéciale en si peu de temps.

J'attrape un ras-de-cou en diamants et mets les boucles d'oreilles assorties, une chaîne de minuscules pierres précieuses qui descend le long de mon cou.

Sam entre dans la salle de bain, remet son nœud papillon en place, puis lève les yeux vers moi.

— Wouaw, tu es magnifique !

— Merci, tu es vraiment pas mal dans ton genre aussi.

Il porte un costume gris anthracite, une chemise blanche et a laissé ses cheveux aller librement sur ses épaules, ce qui complète sa tenue à la perfection. Ses muscles se devinent aisément au travers du tissu et me donnent tout un tas

d'idées. Décidément, cette grossesse a tendance à amplifier la moindre de mes émotions !

Sam s'avance vers moi et pose une main sur ma joue, caresse du bout des doigts ma peau en plongeant ses yeux dans les miens.

— Tu es prête à leur dire ?

— Oui, je suis impatiente même !

— Moi aussi, bébé, t'as pas idée. Tu as déposé les paquets dans les assiettes ?

— Oui, chaque paquet est décoré d'une étiquette à leur nom, pas d'erreur possible.

Il dépose un baiser rapide sur mes lèvres quand les cris des enfants retentissent dans la chambre. Nous sortons de la salle de bain et découvrons les deux frères en train de sauter sur le lit en riant. Zoé, qui n'arrive pas à monter dessus, râle en leur hurlant dessus :

— Eh ! Ce n'est pas juste ! Aidez-moi à monter, moi aussi je veux sauter !

Sam s'approche d'elle et d'une voix autoritaire, il fait arrêter les garçons.

— Si votre mère vous voit faire n'importe quoi dans vos jolies tenues, vous savez ce qu'elle va dire ?

James s'arrête de bouger, c'est à peine s'il respire, et il donne un léger coup de coude à son frère.

— On va se faire gronder ! C'est ta faute, Louis, c'est toi qui as eu l'idée !

— Mais n'importe quoi, c'est toi !

J'enfonce mes pieds dans mes escarpins brillants et m'avance à mon tour en tendant la main vers les garçons pour les aider à descendre de là.

— Alors je crois que c'est une excellente raison pour vite descendre !

Louis attrape ma main et je l'aide tandis que Sam fait descendre James. Zoé tire sur un pan de ma robe et tournoie autour de moi.

— Je voudrais la même robe que toi quand je serais grande !

Je m'agenouille devant elle et attrape entre mes doigts le tissu de sa jupe.

— Mais la tienne est encore plus jolie, tu as des paillettes partout ! Quelle chance !

Avec un sourire radieux, elle tourne sur elle-même, ce qui lui donne l'air d'une danseuse étoile. Sam l'attrape et la soulève dans les airs, puis s'adresse aux garçons :

— Allons-y, je suis sûr que tout le monde nous attend en bas.

— Oui, ils nous ont dit de venir vous chercher.

James fourre sa petite main dans la mienne et m'entraîne à sa suite, derrière Louis qui court en faisant l'avion.

— Attention les escaliers !

Mon cœur bondit dans ma poitrine quand il s'en approche, mais il prend des précautions et se tient fermement à la rambarde en descendant marche après marche très lentement.

— Tu es faite pour ça, chérie.

La voix sensuelle de Sam qui résonne dans mon oreille provoque un frisson dans mon corps et je réprime mon envie de toutes mes forces. Ce n'est ni le lieu ni le moment.

Au moment où je mets le pied au rez-de-chaussée, Chloé s'écrie :

— Ah, enfin vous voilà ! Vous faisiez quoi là-haut, hein ?!

Je secoue la tête en riant et nous nous approchons de la partie cuisine.

Toute la famille est réunie autour de l'îlot central et ce tableau merveilleux illumine mon sourire. Tous ont revêtu de magnifiques tenues et même Ana, qui est tout de même assez marquée par la chimio, rayonne de beauté.

Mon père soulève la boîte plate à son nom, qu'il a récupérée sur la table, et demande :

— Qu'est-ce que c'est ça ? Un cadeau anticipé ?

Je pouffe de rire et lâche la main de Louis pour prendre celle de Sam, qui laisse Zoé partir vers sa mère.

— Oui, c'est un peu ça, il y en a un pour chacun de vous.

Je tourne la tête vers Sam qui hoche la sienne et leur demande :

— Vous voulez les ouvrir maintenant ?

Curieux, tout le petit groupe se déplace pour récupérer son paquet sur la table sans pour autant m'apporter de réponse. J'imagine que oui, ils veulent l'ouvrir tout de suite.

Les enfants ont eux aussi une boîte qui contient leur cadeau surprise et je suis plus qu'impatiente de voir leurs réactions.

Tous sont postés devant leurs places et attendent notre feu vert pour découvrir le contenu du cadeau.

Sam se racle la gorge et commence :

— Vous allez tous l'ouvrir en même temps, comme ça la surprise sera totale, mais avant je voudrais dire...

Ana le coupe et pose son paquet dans son assiette avant de se tourner légèrement vers Peter et de prendre sa main.

— Avant j'ai quelque chose à vous dire.

Mon cœur bat la chamade, j'étais sûre de détenir la plus grosse surprise de la soirée, mais l'air mystérieux qu'arborent Ana et Peter me pousse à croire que non.

Ce dernier sort une enveloppe de l'intérieur de sa veste et la tend à sa femme qui l'ouvre sans tarder, mais qui ne prononce toujours aucun mot.

— Bon allez ! Arrête avec ce suspense et parle-nous !

Chloé s'impatiente, elle danse d'une jambe à l'autre et joue avec le ruban qui entoure son paquet.

Ana déplie la feuille et la tourne vers nous en criant :

— J'AI BOTTÉ LE CUL À MON CANCER !

Sur le papier, de grosses lettres rouges indiquent : « rémission ». Un simple mot qui fait sortir les larmes de mes yeux et qui provoque une vague de chaleur dans tout mon corps. Sam se précipite vers Ana pour la prendre dans ses bras et nous en faisons tous de même les uns après les autres, les larmes coulant à flots le long de nos joues.

Je suis incapable de décrire le soulagement qui m'envahit et quand vient mon tour, je la prends dans mes bras et la serre contre moi en pleurant.

— Je suis tellement heureuse, Ana. Tu l'as fait, tu as réussi !

— C'est grâce toi, sœurette, merci pour tout ce que tu as fait.

Mes larmes redoublent d'intensité et les sanglots me secouent, je la serre encore plus fort contre moi. L'entendre m'appeler comme ça me fait tellement chaud au cœur, je n'aurais jamais cru que ce surnom me serait adressé un jour.

Elle ne remplace pas Sara, personne ne le fera jamais, mais elle et Chloé ont tout autant leur place dans ma vie et je suis ravie qu'elles me considèrent de la même manière que moi.

Elle relâche son étreinte et m'embrasse rapidement la joue avant de se tourner vers son père qui l'enlace affectueusement.

L'euphorie nous a tous gagnés et il nous faut encore quelques minutes avant de reprendre nos places devant les paquets. La mère de Sam, dont les yeux sont bordés de larmes, lève sa boîte en l'air et demande :

— Je ne vais pas encore pleurer, si ?

Sam explose de rire et répond en levant la main en direction du cadeau :

— Le meilleur moyen de le savoir c'est d'ouvrir !

À l'unisson, les dix membres de nos deux familles réunies déballent leurs cadeaux et très vite, les réactions pleuvent.

Ma mère se retient à la table, les yeux pleins de larmes, mon père met sa main devant sa bouche et répète en boucle :

— Oh, mon Dieu ! Oh, mon Dieu !

Ana se remet à pleurer, Chloé hurle et saute de joie tandis que Peter s'écrie :

— Oh putain ! Excellent !

Les parents de Sam lèvent les yeux vers nous, surpris et peu sûr de savoir si c'est une blague ou pas, puis sa mère se met à pleurer.

Si j'avais su qu'autant de larmes couleraient ce soir, je n'aurais pas pris la peine de me maquiller !

Ma mère fait le tour de la table et vient me prendre dans ses bras, tandis que Zoé s'exclame :

— Mais qu'est-ce que ça veut dire ?!

Je me tourne vers elle, et la vois brandir le t-shirt en l'air. Le motif de deux bébés et la mention de « *Future Cousine* » nous apparaissent et Louis saute de sa chaise pour courir vers Sam en criant à sa sœur :

— Youhouuuu ! Ça veut dire que tonton et Mary vont avoir un bébé !

Sam prend Louis dans ses bras et le reprend :

— Non, ça veut dire qu'on va avoir deux bébés !

Ma mère me serre à nouveau contre elle et me félicite, puis je passe ensuite de bras en bras. Quand vient le tour de Chloé, elle m'enlace brièvement puis plante son regard dans le mien :

— C'est pour ça que tu n'as pas bu une goutte de vin depuis notre arrivée ? Tu n'as pas de problème de tension, hein ?

— Oui, c'était difficile de vous le cacher, crois-moi j'ai failli faire un million de gaffes ! Heureusement que les nausées ne sont que le matin au réveil et que j'ai les toilettes dans ma salle de bain, sinon ce n'était même pas la peine !

— On aurait peut-être deviné pour la grossesse, mais que tu portes des jumeaux ! Ça, on ne l'aurait jamais imaginé !

Les rires mêlés aux larmes de joie retentissent autour de la table et nous prenons place pour l'apéritif, encore sous le choc de toutes ces révélations.

Je dois dire que pour mon deuxième Noël en treize ans, les émotions sont au rendez-vous. Si la nostalgie m'envahissait encore l'année dernière, elle se trouve bien loin aujourd'hui et a laissé place à un bonheur d'une pureté incomparable.

Ana explique plus en détail les résultats de ses examens tandis que je raconte à ma mère comment j'ai appris ma grossesse. Elle ne savait pas non plus que j'étais supposée être stérile et se sent bien soulagée que ça ne soit finalement pas le cas. Avoir un bébé me semblait impossible, mais en porter deux dans ces conditions et en prenant la pilule ? Inimaginable et pourtant c'est bel et bien vrai.

Je reprends un toast de fromage et croque dedans avec plaisir, c'est un véritable délice ! Je n'aurais jamais imaginé me trouver ici aujourd'hui, entourée par les gens que j'aime, ma famille et l'homme de ma vie.

Tiens, d'ailleurs où est-il ?

Je tourne la tête et le cherche du regard quand je le vois descendre les escaliers avec mon père. Leurs sourires inondent leur visage et mon père donne une accolade chaleureuse à Sam. Qu'ont-ils fait là-haut ? De quoi ont-ils parlé qui nécessitait tant de discrétion ?

Depuis là où je me trouve je remarque que la photo de Sara qui est posée sur le meuble à côté de la télévision est entourée d'un halo lumineux lié aux reflets des guirlandes dans le cadre. Elle est là. Ce soir, elle est plus présente que jamais.

Chapitre 26

SAM THOMPSON

J'ouvre difficilement les yeux, encore bien trop épuisé par cette incroyable soirée. J'aimerais dormir un peu plus, mais les cris des enfants retentissent et je sais d'expérience qu'ils ne lâcheront pas l'affaire avant d'avoir pu ouvrir leurs cadeaux.

Je m'étire et enroule mon bras autour de Mary, en posant machinalement la main sur son ventre, là où dorment nos bébés.

Sa voix ensommeillée et légèrement cassée me demande :

— Bien dormi, futur papa ?

— Pas assez, mais il faut croire que les enfants de ma sœur ont décidé de ne pas nous laisser dormir plus... Il va falloir aller ouvrir les cadeaux.

Mary se retourne et colle son visage dans mon cou en râlant.

— Nooon, pas déjà. Je veux encore rester au lit contre toi...

Elle passe ses mains sur mes abdos et les fait glisser dans mon dos pour se plaquer un peu plus contre moi. Elle va me rendre fou ! Son petit corps tout chaud fait dresser mon sexe en un rien de temps et j'ai déjà un tas d'idées cochonnes en tête.

Sa bouche se déplace sensuellement contre ma gorge et sa langue humide et chaude se mêle à ce baiser.

— Mary... Je ne vais pas te résister bien longtemps...

Elle gémit contre ma peau et m'arrache un frisson d'excitation qui parcourt tout mon corps. Je passe mes mains sous sa nuisette et caresse sa peau avec douceur.

Soudain, elle s'interrompt et sort du lit en courant pour rejoindre la salle de bain. Je ne l'entends pas, mais je sais qu'elle est en train de vomir, comme tous les matins depuis une semaine. Je me redresse dans le lit, déçu de ne pas pouvoir continuer ce petit jeu, et la porte de notre chambre s'ouvre à la volée. James hurle :

— Venez vite, le père Noël est passé !

Il vérifie dans le couloir que personne ne puisse l'entendre et me fait un clin d'œil approximatif en murmurant :

— Enfin, vous êtes passés, quoi.

— À quel moment tu as autant grandi, toi ?

— J'essaye de te rattraper ! Allez, venez vite sinon Louis et Zoé vont tout ouvrir sans vous !

— J'arrive, mon grand !

James repart en courant et j'enfile un jogging ainsi que le t-shirt portant la mention « *Futur papa* » que Mary m'a fait faire.

Elle sort de la salle de bain, encore un peu barbouillée, puis me demande :

— Il faut descendre ?

— Oui, James est venu nous chercher.

— J'arrive, je vais me changer.

— C’est une excellente idée, sinon je risque de te séquestrer dans cette chambre pour le reste de la journée.

En me souriant, elle secoue la tête, se mord la lèvre et laisse tomber sa nuisette en satin à ses pieds.

— Et comme ça ?

Je jure entre mes dents et m’approche d’elle, afin de plaquer son corps chaud contre le mien.

— Comme ça, je crois qu’on ne va pas tarder à se faire incendier par les mômes.

— Tu as raison, on poursuivra cette délicieuse conversation plus tard. Je vais mettre un legging, tu peux me donner mon t-shirt, s’il te plaît ?

Elle entre dans le dressing et je récupère rapidement le t-shirt quand de nouveaux cris nous interpellent depuis le bas de l’escalier.

— Sam ! Mary ! Bougez-vous les fesses !

Mary saute dans un legging et enfile le t-shirt, puis passe une main dans ses cheveux bruns afin de les arranger un peu.

Elle est parfaite, elle n’a pas besoin de plus d’artifice pour briller. Un simple t-shirt blanc orné d’un magnifique message, un legging noir et la voilà parfaite. Même ses yeux légèrement gonflés de fatigue et ses cheveux en bataille la subliment !

— Tu es magnifique, ma chérie.

— Rooooh, arrête je viens de me réveiller et j’ai déjà vidé le contenu de mon estomac, je suis hideuse !

— Ne dis pas ça, tu es vraiment belle.

Elle dépose un rapide baiser sur ma bouche et je sens l'odeur de dentifrice envahir mes narines.

Ensemble, nous rejoignons le salon où les enfants commencent déjà à faire des piles avec leurs cadeaux et quand Louis nous voit il hurle de joie et commence à déchirer le papier sans attendre.

— Attends, Louis !

Ana le réprimande, mais ma mère pose sa main sur son avant-bras et lui demande silencieusement de le laisser faire.

— Puisque les fauves sont lâchés ! Allons-y !

Tour à tour, les membres de la famille déballent leurs cadeaux, tous sont comblés par ce qu'ils reçoivent et, même s'il a été compliqué de freiner Mary, rien de trop extravagant n'en sort. Quand tous les cadeaux sont ouverts, je saisis l'opportunité d'offrir le mien à Mary.

J'adresse un clin d'œil entendu à son père qui m'offre un sourire radieux et prend sa femme dans ses bras, l'émotion se lit déjà sur son visage.

Mary est assise sur le sol, une montagne de papier cadeau autour d'elle, et je lui tends la main pour qu'elle se lève.

— J'ai un dernier cadeau à t'offrir.

— Ah bon ? Je n'ai pas été assez gâtée ?

Je secoue la tête et inspire profondément, puis pose un genou à terre en sortant de ma poche une boîte de velours rouge.

Je n'ai pas encore eu le temps de prononcer le moindre mot que Mary pleure déjà et que les souffles se coupent autour de nous. Je prends sa main gauche dans la mienne et caresse sa peau.

J'entends Ana manquer de s'étouffer et dire :

— Oh, putain c'est pas vrai !

Chloé rajoute :

— Dieu tout puissant, il va le faire !

Ma mère étouffe un sanglot et les enfants cessent instantanément toute activité pour se concentrer sur nous.

Je souris et plante mon regard dans celui de Mary, la femme que j'aime. Elle est fébrile, elle me fixe de ses yeux pleins de larmes et a compris où je voulais en venir. Malgré tout, elle réussit à patienter et écoute attentivement ce que j'ai à lui dire.

— Mary, ma chérie, l'année qui vient de s'écouler a été très riche en émotions et en changements. Quand nous nous sommes rencontrés pour la première fois, je dois avouer que j'étais loin de me douter que nous irions aussi loin, à vrai dire j'avais carrément prévu de ne plus jamais te revoir !

Les rires retentissent autour de nous et même Mary pouffe en secouant la tête. Je me souviens si parfaitement d'elle et de l'assurance qu'elle dégageait. De l'expression sur son visage quand je l'ai remballée et de son SMS incompréhensible en pleine nuit.

— Nous avons eu nos hauts et nos bas, mais c'est dans les bas que j'ai pu me rendre compte de combien nous étions unis et soudés. Tu me rends plus heureux chaque jour et je n'aurais jamais pu espérer l'être autant un jour. Tu es une merveille, la perle rare que l'on rencontre qu'une seule fois dans sa vie et je ne te laisserai pas filer. Je te promets d'être présent à tes côtés pour le reste de nos vies et je te promets que je ne fais pas ça parce que je t'ai mise enceinte !

À nouveau, nos familles rient, mais se taisent rapidement lorsque j'ouvre l'écrin. Devant ses yeux ébahis, je lui présente la bague de fiançailles que j'ai choisie pour elle. Un solitaire en or pour lequel j'économise depuis de nombreux mois.

— Je t'aime et je t'aimerai toute ma vie. Me ferais-tu l'incommensurable honneur de devenir ma femme ?

FIN

— Oui ! Je le veux, Sam !

Vous avez aimé votre lecture ?

Laissez sur Amazon 5 étoiles et un joli commentaire pour motiver d'autres lecteurs.
(Et soutenir une auteure qui vous offrira sa reconnaissance éternelle !)

Vous n'avez pas aimé ?

Venez me faire part de vos remarques.
J'adore échanger avec mes lecteurs et je réponds à tous les messages !

Lily

Instagram : lily.padioleau.auteure
E-mail : ali.luna34@gmail.com

BIOGRAPHIE DE L'AUTEURE :

Je m'appelle Lily Padioleau, j'ai 27 ans et je suis une auteure-épouse-maman.
Trois rôles que j'adore remplir, trois rôles qui me remplissent !

J'ai toujours aimé les mots, les manier, les assembler et tenter de faire ressortir leurs meilleurs côtés. J'écris avec le cœur, je me laisse porter par mes idées et tentes toujours de rester fidèle à moi-même.

Je suis un brin déjantée (un brin ?!), je suis sincère dans mes écrits et toujours droite dans mes pompes. J'aime changer d'univers au gré de mes envies. Jusqu'à présent, je suis passée de la romance à la dark romance ; de la romance de Noël à l'horreur et également du drame psychologique à l'humour.

Les tueurs en série me passionnent, mais la magie aussi, ce qui explique peut-être mon changement total de genre ?

Autant dire que je n'ai aucune limite, aucune barrière et aucun fil conducteur ! Vous ne me retrouverez jamais enfermée dans un moule, je les préfère avec des frites !

Êtes-vous prêts à rentrer dans mon univers ?

N'hésitez pas à me retrouver sur Instagram sous le nom : lily.padioleau.auteure, je suis toujours disponible pour échanger avec mes lecteurs !

À très vite pour de nouvelles aventures !

Lily Padioleau

www.ingramcontent.com/pod-product-compliance
Ingram Content Group UK Ltd.
Pitfield, Milton Keynes, MK11 3LW, UK
UKHW021127260726
13994UKWH00001B/14

9 782492 237164